小岩戦争史

我が町が空襲に遭った頃

橋本康利
HASHIMOTO Yasutoshi

文芸社

第一部

高射砲第１１５連隊第一大隊
第二中隊　山本隊を中心とした

旧日本陸軍小岩高射砲陣地史

山本隊12糎砲撤去跡
昭和22年7月　米軍撮影

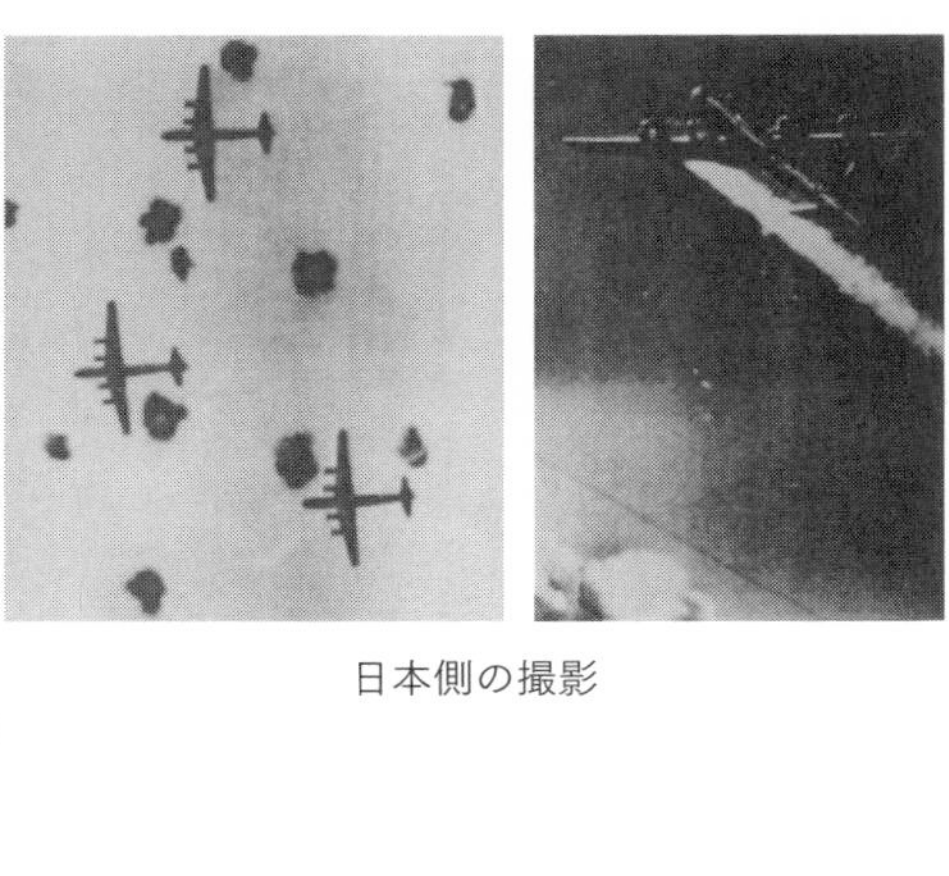

日本側の撮影

西地区隊（晴1903）				
東京防空隊高射砲第2連隊	河合　潔	大佐	新宿	
第1中隊			墨田公園・後楽園	
第2中隊			浜町公園・戸山	
第3中隊			第一生命・代々木	
第4中隊			尾久	
（照）第5中隊			不詳	
（照）第6中隊			不詳	
川崎地区隊（晴1904）				
東京防空隊高射砲第3連隊	都築　晋	中佐	川崎	
第1中隊			富士見	
第2中隊			碑文谷	
第3中隊			池上	
第4中隊			穴森	
（照）第5中隊			不詳	
（照）第6中隊			不詳	
横浜地区隊（晴1905）	中野唯一	大尉	横浜	
東京防空隊独立照空第3大隊				
第1中隊			不詳	
第2中隊			不詳	
独立高射砲第5中隊			野毛山	
独立高射砲第6中隊			子安	

昭和16年　7月10日	京浜要地防空隊編成 高射砲第2連隊（柏）・習志野廠舎待機 （昭和15年9月15日、兵備大改正により秘匿部隊名が東部第77部隊となる。）後の高射第1師団（晴兵団）の母体となる。
8月17日	京浜要地展開
17年　5月	東部防空旅団（竹橋元近衛師団跡）
18年　8月15日	東部防空集団
19年　6月　1日	東部高射砲集団
12月27日	高射第1師団（上野公園日本学士院）
20年	（科学博物館）終戦

※この資料は柏高射砲第二連隊元隊員（柏会）山中秀吉氏提供

開戦前の京浜要地防空隊の編成と配置

京浜要地防空隊編成表　昭和16年7月10日（1）

東京第1防空隊司令部（晴1900）	入江莞爾	少将	竹橋
東地区隊（晴1901）			
東京第2防空隊司令部	吉田権八	大佐	小松川
第1中隊			葛西橋
第2中隊			下平井
東京防空隊独立高射砲第4大隊（晴1909）			
第1中隊			四つ木
第2中隊			玉の井
東京防空隊独立高射砲第5大隊			
第1中隊			品川
第2中隊			洲崎
東京防空隊独立高射砲第6大隊			
第1中隊			月島第1
第2中隊			月島第2
東京防空隊独立照空隊第1大隊			
第1中隊			不詳
第2中隊			不詳
東京防空隊独立照空隊第2大隊			
第1中隊			不詳
第2中隊			不詳
独立高射砲第1中隊			不詳
独立高射砲第2中隊			不詳
北地区隊（晴1902）			
東京防空隊高射砲第1連隊	渡辺　裕	中佐	川口
第1中隊	加藤英夫	中尉	梅島
第2中隊	金井康倶	中尉	芝川
第3中隊	林　静寛	中尉	赤羽
第4中隊			前野
（照）第5中隊			不詳
（照）第6中隊			不詳
独立高射砲第3中隊			茂呂
独立高射砲第4中隊			十二月田

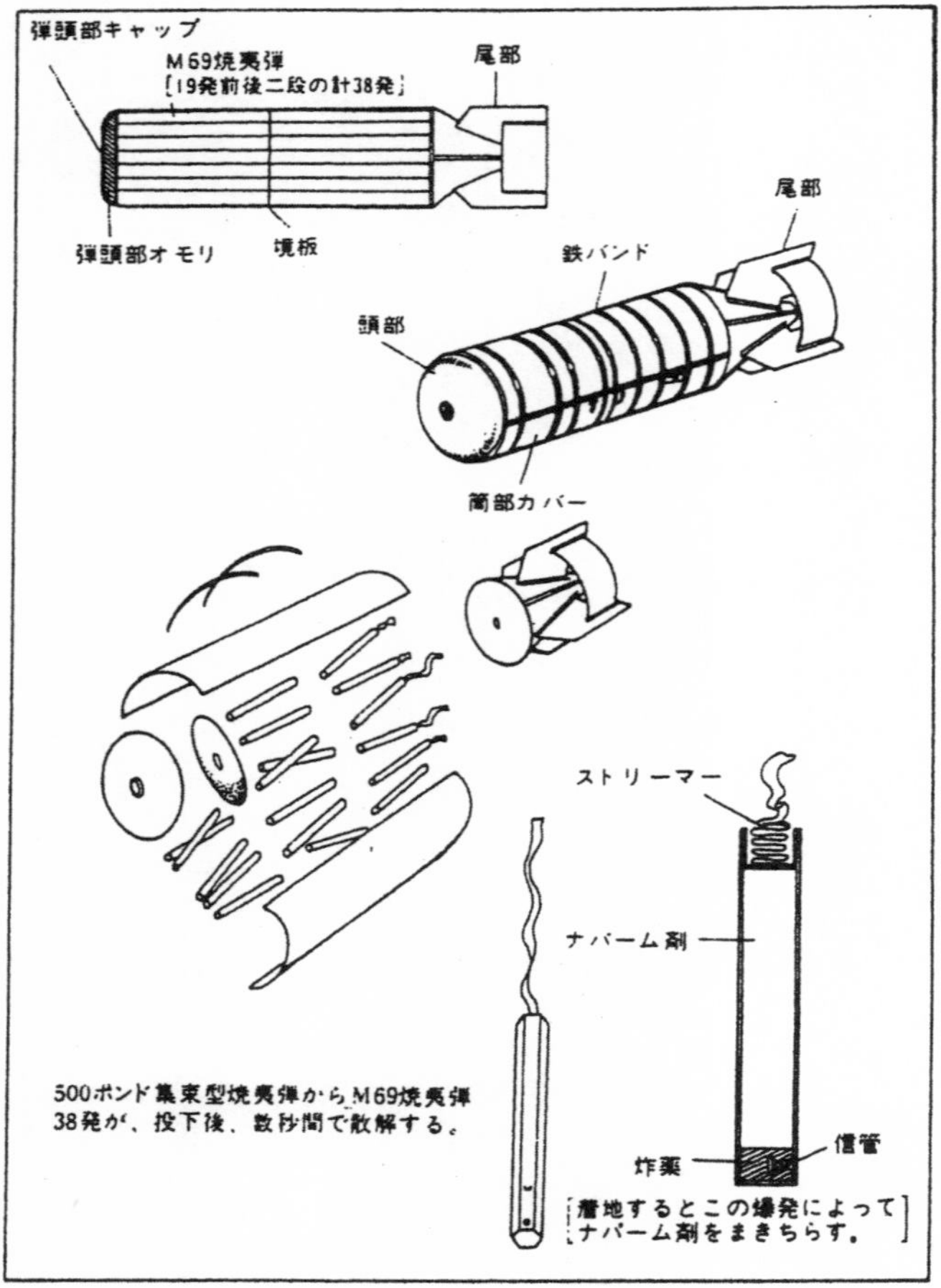

参考図
東京を焼き尽くした500ポンド集束型　M69
3月10日午前零時15分から午前2時半まで投下した数は36万本以上とされる。

もくじ

はじめに

昭和十六年十二月八日未明、我が国はハワイ真珠湾奇襲攻撃をもって米国と戦端を開いた。

同時に英国、和蘭《オランダ》に対し宣戦布告、「南方要地を占領確保する」作戦が発動され、深圳《しんせん》より香港島攻略開始、マレー半島コタバル奇襲上陸に続き、ルソン島北部進攻、マレー沖海戦、グアム島、英領ボルネオ島へ上陸、さらに十二月末にはウエーキ（ウエーク）島を占領するなど、瞬く間にこれら南方の重要拠点を攻略した。

開戦からわずか四か月あまり、報道は連日のように我が軍の勇猛果敢な戦闘を称え、軍民ともに勝利に沸いていた矢先の十七年四月十八日、アメリカ陸軍ドゥーリトル中佐が指揮する双発爆撃機Ｂ－25「ミッチェル」十六機による奇襲攻撃を受けた。

大本営は予想外の速さで敵機の侵入を受けた事態を重視、本土防衛の強化に向け防空戦闘機、高射砲、電波兵器（レーダー）などの研究開発、増産を急がせた。

東部軍（京浜地区の防空担当）は新たな高射砲陣地構築について、Ｂ－25来襲の経緯から、帝都東部に位置する「江戸川区」に着目した。現在の町名で、南小岩二丁目・東小岩一丁目を主に、北篠崎二丁目、および鹿骨三丁目の一部を含んだ地域（約十二万平方メートル、筆者推定）が最適地として決定された。

要地防空を企図する小岩陣地構築は昭和十七年九月末頃からはじまり、二年後の十九年九月には陣容が整った。地元の住民は「小岩高射砲陣地」または単に「小岩陣地」と称した。

昭和十九年七月七日、太平洋絶対防衛圏であったサイパン島が敵の手中に落ちた。小岩陣地が展開可能となったその二か月後の十一月一日正午過ぎ、来襲を予想していた超大型爆撃機B－29改造の偵察機F－13が、ついにマリアナ基地を発進し、銚子沖上空一万メートルの高高度でジェット気流を吐きながら帝都に侵入した。この敵機に対し、初めて小岩陣地の高射砲が火を噴いたのである。

その後、来襲する敵機に対し、小岩陣地内の八センチ砲十八門およびB－29を撃墜できる十二センチ砲六門が威力を発揮し、敵機に大きな損害を与えるなど、小岩陣地の存在は搭乗員たちの脅威となった。

しかし必死の迎撃も力尽き、九か月あまりで戦いは終わる。まもなく米軍の進駐が行われ、注目していた小岩陣地にアメリカ兵器調査団が来て、参考となる兵器類の情報を持ち帰った。そして砲身は酸素で全て切断され、その他の防空兵器も破壊された。

本格的空襲が始まった昭和十九年十一月二十四日から翌二十年八月十五日までの間、B―29による熾烈な爆撃で都内や近郊の中小都市の多くは焦土となった。

戦後の混乱から高度成長の緒《しょ》に就《つ》いた昭和三十年頃、筆者は小岩陣地の実態や戦闘の状況を知りたいと思った。その理由は、B―29の襲来により江戸川区の平井・小松川・瑞江地域などが爆撃を受け、多くの家屋や工場などが破壊され焼失した。しかし、敵機の帰投コースの真下にある小岩地域は幸い空襲の被害が奇跡のように少なかったのは、小岩陣地の存在が大きく影響したのではないかと考えたからである。

戦後半世紀あまりを経た平成九年四月、小岩陣地の姉妹隊「青砥高射砲陣地」(通称お花茶屋陣地)跡を実地調査した葛飾区郷土史研究家の紹介で、筆者は小岩陣地旧隊員の方々と出会い、多くの資料や証言を頂いた。

また同じ頃、江戸川区郷土資料室および市川歴史博物館から、旧小岩陣地の貴重な航空

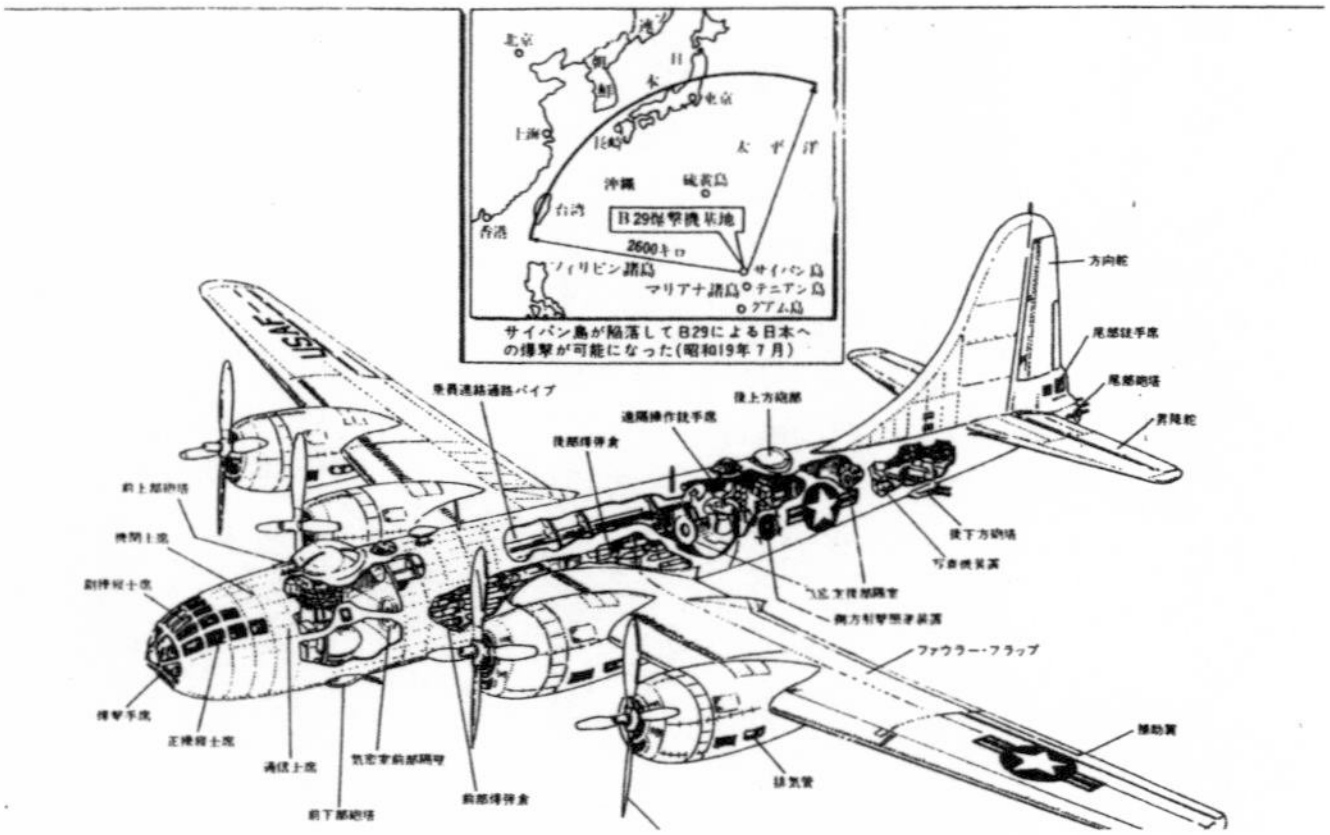

ボーイングB-29
スーパーフォートレス　戦略爆撃機

写真資料の提供を受け、それをもとに陣地の範囲、兵舎の位置、高射砲の配列、およびレーダー施設の設置場所など、陣地の全体像が把握できた。

電波兵器レーダーに関して、八丈島航空情報隊電波警戒機乙のレーダー受信を担当した知人の資料から、東部軍情報部に知らせるための八丈島の地理的位置がレーダー監視にとって最適地であり、その役目を立派に果たしたことを知る。

主題の「旧日本陸軍小岩高射砲陣地史」は、山本中隊戦友会一之江会（会長川村洋一郎氏）会誌「かたくり」（平成四年五月第二号）および「高射砲第百十

昭和19年11月　旧日本陸軍撮影
JR小岩駅
小岩高射砲陣地

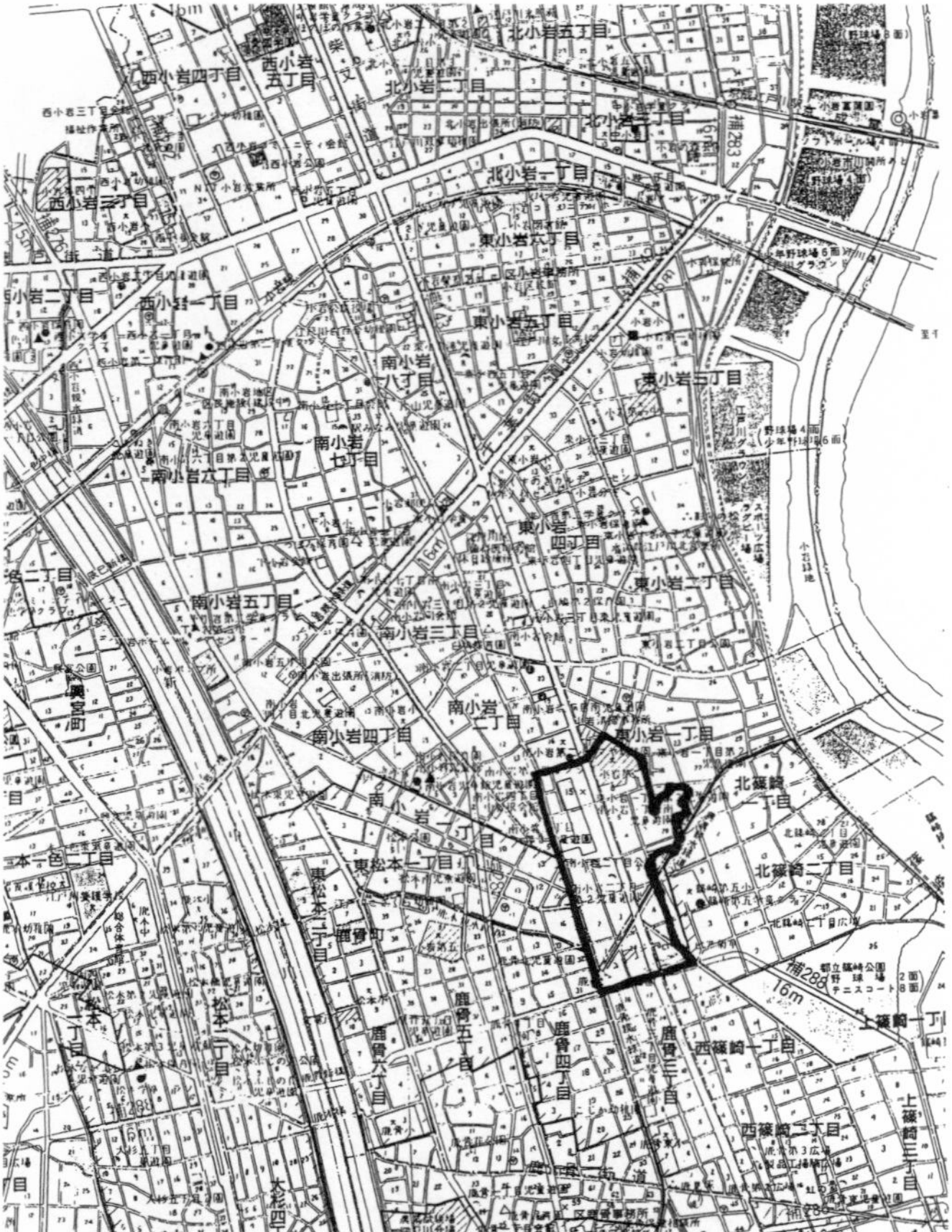

現在の町名（□内が旧小岩高射砲陣地）

五連隊第一大隊第二中隊概史」を引用させていただいたが、会誌「かたくり」の文中に、敵機Ｂ－29が小岩上空を低空で飛行した場合、発射した砲弾の炸裂による被害が人家に及ばないよう配慮し、射撃を控えたことなど注目すべき事実が記されている。

今日、旧小岩高射砲陣地内は中央を柴又街道が貫き、その沿道には中学校、スーパーマーケット、レストラン、マンションなどが建ち並び、陣地を囲んでいた農業用水や田畑が整備され、道路によってその範囲を示す以外はすべて幻となった。しかし、太平洋戦争の末期、高射砲陣地が存在したことは戦後の住民にも知られており、「陣地」は今も地域の代名詞として使われている。

Ｂ－29搭乗員たちが恐れた小岩陣地において懸命に戦った兵士たち、敵機に立ち向かう空の勇士の迎撃戦、また資材不足のなかで立ち遅れた電波兵器および高射砲の開発に心血をそそいだ人々の努力の甲斐なく、日本は敗れた。

小岩地区で空襲を体験し、あるいは戦後、旧小岩高射砲陣地の存在を知り、関心を持たれた方々に少しでも参考になれば幸いである。

1　小岩高射砲陣地構築はじまる

昭和十七年四月十八日、ドゥーリトル中佐指揮のＢ－25爆撃機十六機による本土奇襲を受け、東部軍（京浜地区の防衛担当）は、帝都東部の重点正面に位置する国鉄総武線小岩駅の南方約二キロに広がる農地を、新たな高射砲陣地の最適地として土地収用に入る。

用地は地主と借地契約（地主の一人、矢野義一氏談）を結び確保したが、軍用地のため強制収用であった。陣地の総面積はおよそ十二万平方メートル（筆者推定）を有し、その周囲は東方に江戸川、北方は千葉県内の各陸海軍部隊を中央と結ぶ重要な幹線道路「千葉街道」が通じており、また西部、南部一帯は広い農地であった。

構築が始まった時期は、矢野義一氏の記憶によると、昭和十七年九月の末、稲の刈り入れ準備をしようとしていたときであったという。

当時、二度目の臨時召集を受け、千葉県柏の東部第七十七部隊に入隊した旧隊員安津畑直氏の記録に、召集は九月二十八日、直ちに小岩陣地の構築に携ったとあるので、矢野義一氏の話の九月末と合致し、同二十八日が構築開始とみてよいであろう（東部第七十七部隊は、昭和十五年九月十五日付けで高射砲第二連隊の秘匿名部隊とされていた)。

地上防空部隊強化のため、昭和十七年五月東部防空旅団が編成され、それまでの高射砲部隊一個中隊の装備が、四門から六門に、高射砲大隊の編成が二個中隊から六個中隊となった。しかし、小岩陣地では三個中隊の配備が決まり、それぞれ八センチ砲六門の砲座を設けたが、そのうち二門の配備が遅れ、苦肉の策として近くの材木屋で丸太を買い、木製の高射砲を作って数合わせをしたという(安津畑直氏談)。

一刻も遅滞を許されない状況の中、小岩陣地における九九式八センチ砲十八門の設置が終わったのは翌十八年初頭の頃と考えられる。しかし、開戦前に米国が対独戦に投入しているB－17爆撃機よりさらに優れた超大型爆撃機が開発中であるとの情報を開戦前から得ており、それに対抗できる高射砲の開発を進め十八年半ばに完成した。紀元二六〇三年の年号の「三」をとって「三式十二センチ砲」と呼称された。

昭和十八年末、小岩陣地内八センチ砲座の南部に大型機に対抗できる三式十二センチ砲六門の設置が決まり、それまで一之江陣地において七センチ砲の訓練を積んで来た山本中隊が構築に携り、昭和十九年二月に完成を見たので、一之江から小岩陣地に移動、この十二センチ砲を担当することになった(以後十二センチ砲を「十二高」と記す)。

旧陸軍東部第77部隊小岩高射砲陣地構築跡原型図
昭和23年　米国陸軍航空隊撮影

山本中隊は小岩陣地において
この強力な砲を駆使して大いに
活躍、敵B－29に多大の損害を
与えたのである。

2　高射砲部隊の増強

ここで開戦時における陸軍の帝都防空体制はどのようであったか、振り返ってみたい。開戦一か月前の十一月五日に御前会議が開かれ、対米英蘭戦争開始止む無しとの結論に達したが、その前日行われた軍事参議官会議の席で、もし開戦後まもなく帝都や軍需工場地帯が空襲を受け大きな被害が出たら大変なことになるが、その事態を想定した対策はあるのかという質問が出た。

当時の首相で陸相東条大将はその席上で、国土防衛は陸海航空部隊の積極侵攻作戦を基に考えるべきであり、空襲はあっても開戦初期には敵機の侵入はないであろうと答えている。この一声で、防空強化策は後退してしまった。

もちろん、米国との戦争を想定した防空対策は進めて来たが、当時の状況では如何ともし難いものであったことは申すまでもない。

開戦時、東部軍（京浜地区の防空担当）隷下の東部防空旅団には高射砲一二二門、同指揮下に第十七飛行団の防空戦闘機四十二機が配置されていた。

しかし、ドゥーリトルB25による奇襲は本土防空態勢の不備を早くも国民に露呈することになった。

事態は侵攻から防御へと一転する。その後のミッドウエイ海戦における海軍部隊の大敗北から、九か月間に亘るガダルカナル激戦の末の撤退、圧倒的な米軍の攻勢に戦局は日を追って悪化していく中、帝都防空態勢強化のため部隊編成は次のように改変された。

昭和十七年　五月　　東部防空旅団編成される。
昭和十八年　八月　　それまでの東部防空旅団は、東部防空集団に改組
　　　　　　　　　　集団長に金岡　嶠　少将（後に中将）
昭和十九年　六月　　東部高射砲集団に改編強化される。
昭和十九年十二月　　東部高射砲集団は高射第一師団に改組さる。
　　　　　　　　　　師団長　金岡　嶠　中将

さて、帝都防空を担う高射第一師団隷下には十六の部隊があり、その内訳は、高射砲連

隊（高射第一一一連隊から第一一八連隊）が八、独立高射砲大隊四、高射機関砲大隊二、照空連隊一、独立照空大隊一の勢力で成り立っていた。

小岩陣地は第一一五連隊第一大隊に所属し、陣地構築時の昭和十七年の部隊名「東部第一九〇一部隊」はこの年十二月の改組により「晴一九〇一部隊」と改称された。

つぎに第一大隊の組織等について記す。

第一大隊の組織と火砲の配備について

高射砲第一一五連隊（長）伏屋　宏　大佐

第一大隊（長）多和田　章　少佐

第一中隊　八高×六門　新浜第二　（長）阿部秀之助　大尉

第二中隊　十二高×六門　小岩第一　（長）山本　義雄　大尉

第三中隊　七高×六門　新浜第一　（長）秋山　健三　大尉

第四中隊　八高×六門　小岩第三　（長）針生　嘉市　中尉

第五中隊　八高×六門　小岩第二　(長)成田　信雄　大尉
第六中隊　八高×六門　小岩第四　(長)嘉村　研吉　大尉

※山本隊の編成の経過を簡単に記す。

昭和十七年四月十八日、初空襲を受けた直後の五月十五日、各地から招集された兵二〇〇名が、一之江の中考園を仮宿舎として近くの新中川掘削予定の場所に陣地構築を開始する。兵の出身地は信越方面（石川・長野）、関東では東京をはじめ近辺は埼玉、千葉、茨城他東北地方出身者で編成され、高射砲を見たこともない兵が大勢いたという。

東部高射砲集団の装備一覧
（昭和19年11月頃における）

七センチ高射砲	328門
八センチ高射砲	209門
十二センチ高射砲	26門
十五センチ高射砲（昭20.5）	2門
機関砲（ケ　キ）	5組
機関砲（リ　キ）	30門
照空灯（一　式）	7基
〃　（93式）	244基
電波警戒機（一型）	2機
〃　（二型）	19基
〃　（三型）	32基
〃　（四型）	10基
気球	30個

昭和19年12月における高射第一師団の編組と配置

師団長　金岡 嶠　陸軍中将	
高射第一師団司令部	都内東部軍司令部西側
高射砲第111連隊	埼玉県南部
高射砲第112連隊	東京都西部
高射砲第113連隊	川崎
高射砲第114連隊	月島地区
高射砲第115連隊	東京都東部および千葉県西部
高射砲第116連隊	東京都西部
高射砲第117連隊	横浜
高射砲第118連隊	宮城周辺
照空　第1連隊	千葉県西北部
独立照空第1大隊	上尾付近
独立高射砲第1大隊	月島地区
独立高射砲第2大隊	立川
独立高射砲第3大隊	国府台
独立高射砲第4大隊	太田
独立高射砲第44大隊	東海軍司令官の指揮下・大垣付近に配置さる

陸士出身ながら温情ある優れた山本義雄中隊長の下、八十八式七センチ砲六門設置が完成すると直ちに猛訓練に励んだ。平塚における実弾射撃訓練の成績は群をぬいて優秀であったので、師団長や連隊長から何度も感状を受けた。

京浜地区高射第一師団配置図

（１９４４年末に於ける）

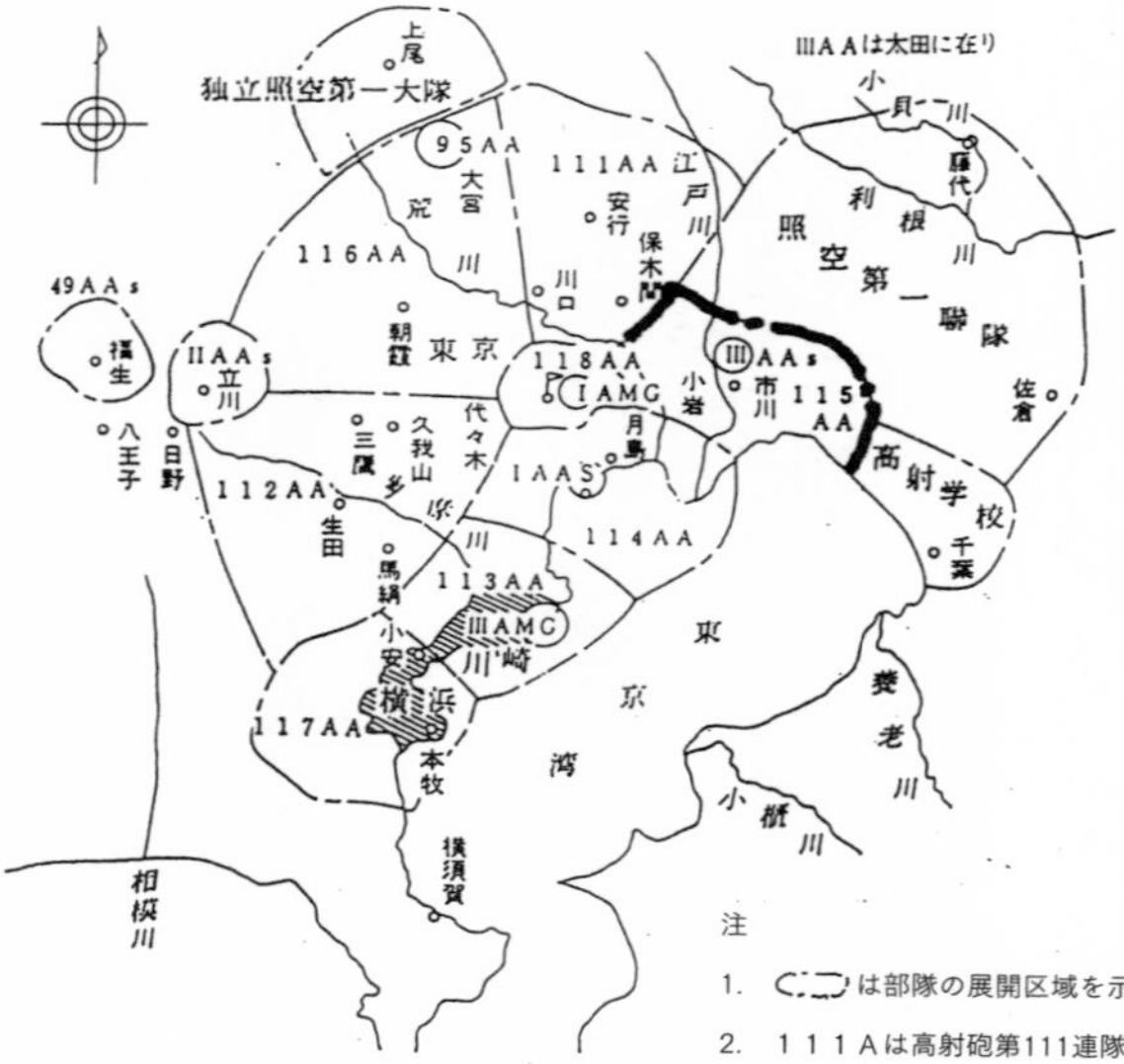

注

1. （- - -）は部隊の展開区域を示す。
2. １１１Ａは高射砲第111連隊を示す。
3. ＩＡＡｓは独立高射砲第一大隊を示す。
4. ＩＡＭＧは機関砲第一大隊を示す。

3　幻の小岩高射砲陣地

冒頭に示した昭和十九年十月日本陸軍撮影の写真から諸施設の配地を推定したが（二十七ページ参照）、八高各中隊の担当する砲座の位置について、元隊員安津畑直氏の記憶から示すと次のようになる。

まず陣地の一番北側、現在江戸川区立小岩第二中学校の校庭に、半円形でやや東北に向きを展開しているのが第六中隊小岩第四の嘉村隊、同じくそのすぐ南、東方に向く第四中隊小岩第三の針生隊、そしてその下方、六角形陣地を第五中隊小岩第二成田隊が担当したと思われる。

陣地最南端に位置する大型砲座十二センチ砲六門の陣地がその威容を示している。広い六角陣形の中心には観測、通信、指揮など隊の心臓部である五個小隊の壕らしきものが写し出されている。担当は第二中隊小岩第一山本隊である。兵舎は、写真を基にその位置を決め、使用する中隊名を記入した。その他八高および十二高の弾薬庫は陣地西端の塀沿の北部に八高用、南部にあるのが十二高用と確定した。

陣地の最南端には電波標定機タ号の受信所と、その北西にタ号要員の兵舎が四棟確認できた。その他の建物のうち、医務室、隔離病棟および大隊本部は元隊員伊藤甲与美《きよみ》氏の記憶を基に推定し、成田隊の兵舎の西側にある建物二棟が食堂および炊事場と認められた。

さらに、炊事場の北側にある発電所および付随する変電所は、終戦後まもなくこの辺りの塀が取り壊されたとき、塀に沿って小艦艇用の大型ディーゼルエンジンが設置されていたのを筆者は見ているので、図にその位置としたが確定は難しい。

さらに八高の成田隊指揮所の北に電波標定機タ号らしきものもあるが、これはその形状から見て、おそらくタチ三号（後述する）であろうか。

戦後これらの施設は兵舎を除き、高射砲などの兵器類は翌昭和二十一年初頭までに全て撤去されたと思われる。収用された土地は再び各地主の手に戻り、兵舎が建っているところの地主に対しては、国はその兵舎を無償で払い下げると同時に、その兵舎を敗戦により外地からの引揚げ者のための住居に転用することになる。

しかし、コンクリートで打ち固められた砲座などはそのまま放置され、住宅が立ち並びはじめた昭和三十年代末期までは散見できた。

昭和四十年代に入り、東京都は老朽化した兵舎の敷地を地主から買い上げ、中層の都営

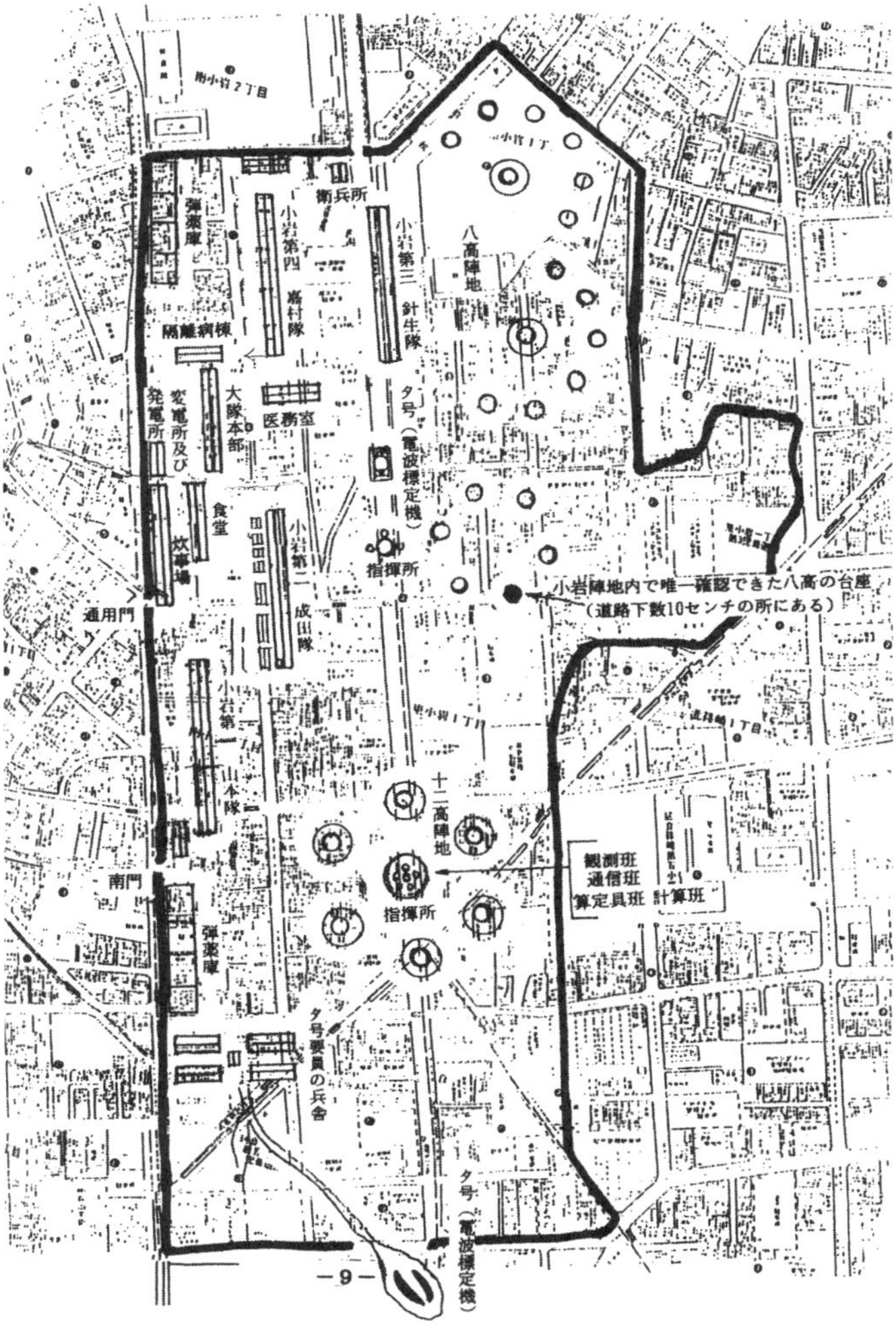

旧小岩高射砲陣地施設の現在地配置推定図。筆者作成

住宅に建て替えることになった。またそれまで砲座の掩体壕《えんたいごう》のコンクリートなどが散乱していた空き地もそれぞれの土地所有者による開発が進められ、荒廃した陣地の面影は高度成長の進展に伴い、やがて消えていった。

平成九年五月、旧小岩陣地の痕跡調査をしたとき、たまたま旧陣地内の町内役員から、近くの道路下に砲座が一基そのまま残っているという情報を得ることができた。

その砲座跡は何年か前に下水道工事の際偶然発見され、工事に伴い撤去しようとしたが地中深く埋もれた厚いコンクリートの台座はついに壊すことができなかったという。

※終戦により、近隣の各高射砲部隊から、移動可能の高射機関砲や探照灯など各種兵器類が多数小岩陣地に運び込まれた。
米軍によるものか、あるいは残務処理の兵士たちの手で破壊されたのであろうか、収納箱とともに焼かれた測高機、筒を上空に向け反射鏡が散乱した照空灯、タ号超短波発振機の残骸、その他照空灯用発電機や電話線架設用自動車などの兵器類が広い陣地内に散乱していた。

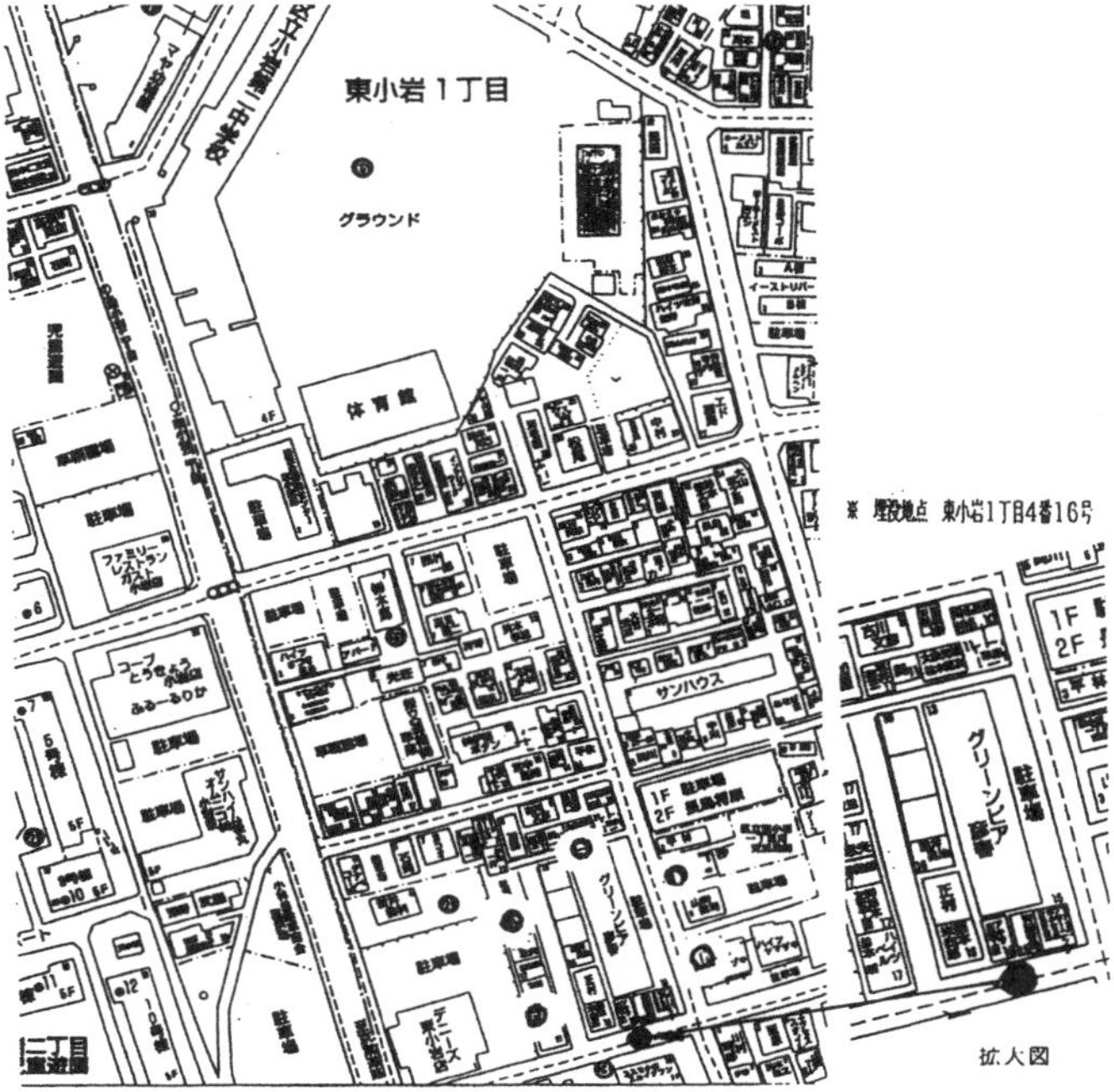

八高六角形陣地砲座跡

上図は旧小岩陣地内に唯一残る八高六角形陣地砲座跡の地点（黒丸印）。

全部で二十四基あった砲座の痕跡はこの一箇所以外にもまだ埋もれている可能性があるが、地底に眠るこれらの砲座は今次大戦における小岩高射砲陣地の歴史遺産なのだ。

4　高射砲部隊の装備について

さて、再び昭和十九年十一月頃の時点に話を戻してみる。

来襲を予想される超大型爆撃機Ｂ－29に対し、迎え撃つ我が高射砲部隊にはどのような兵器が装備されていたのだろうか。主な兵器類に次のようなものがあった。

一、高射砲

①	八八式七・五センチ	七高	有効射程	七二〇〇メートル
②	同新型（四式）	〃	〃	八五〇〇　〃
③	九九式	八高	〃	八〇〇〇　〃
④	三式	十二高	〃	一一〇〇〇　〃
⑤	十五センチ砲		〃	一六〇〇〇　〃

※十五センチ高射砲は昭和十九年一月から研究開発が進められ、陸軍技術陣による懸命

な努力の結果、二十年四月大阪造兵廠《ぞうへいしょう》で一門が完成し、その後、日本製鋼所広島工場でさらに一門完成、東京・久我山に設置された。その二門だけで終戦となったが、この砲については後で述べる。

二、照空灯

照空灯の筒は直径一五〇センチ、底部に約二センチ厚の皿状の反射鏡が据え付けられている。反射鏡の焦点上に電極を設け、強力なアークが発する光芒《こうぼう》により敵機を映す。電源は自動車用エンジンに直結した交流二〇〇ボルト発電機を用いた。光の有効高度は約八〇〇〇メートルといわれる。

三、聴音機

聴音機は敵機のエンジン音をいち早く感知してその位置を測る装置。上部のラッパで高低を、左右のラッパで方向を確認し、さらに中央で跡点を打つ。操作は三人で行う。航空機の急速な進歩で聴音機は時代遅れになったが、我が国のレーダーの性能が悪いため終戦まで使用された。

四、測高機

日本の世界に誇る光学技術による飛行機の高度測定兵器である。航速測定器と併用して射撃用データーを割り出す。

昭和十九年十一月一日、B－29が京浜地区に初侵入したとき、小岩陣地の観測班が敵機を六メートル測高機で追跡したことが会誌「かたくり」に記されている。

精密な測高機は気温、湿度、および振動等により誤差を生じるので、慎重に取り扱われた。

五、高射算定具

敵機の未来位置を計算し高射砲の照準器に数値を送る機器で、七十八ページの写真のように一メートル四方の四角い箱状の中に数万点のカムが組み込まれていた。今日のコンピューターである。

昭和二十年一月九日、かねてから小岩陣地を最重要視していた軍の上層部は完成したばかりの最新式二式算定具（十万点以上のカムを使用した精密な装置。生産台数わずか一器か二器）を十二高山本中隊に優先配備した。

六、電波標定機

これは陸軍高射砲部隊で使用された射撃用レーダーである。このほか敵機をいち早く発見するための索敵用レーダーを陸軍では「電波警戒機」（甲乙の二種）と呼び、八丈島その他要所に配備した。

開戦の前、軍部は電波兵器の重要性について認識が甘く、開戦後にフィリピンやシンガポールを攻略したとき鹵獲《ろかく》した射撃用レーダーが、既に実戦に使用されているのを知り、内地に持ち帰り研究開発に入った。陸海軍独自の研究所において昼夜を分かたぬ努力の結果、早くも半年後には同程度の性能を持つ射撃用レーダーを完成した。

詳しくは章を改めて述べる。

七、対空望遠鏡

対空望遠鏡については資料がないので詳しく記せないが、会誌「かたくり」に、監視班が二十センチの対空望遠鏡を使用したとある。

筆者は戦時中、「陸軍」という青少年向けの雑誌にこの単眼望遠鏡が照空灯を自動的に動かす「自動操縦機」なる装置に使われていた写真を見た覚えがあるが断定できない。

※『しらべる戦争遺跡の事典』(柏書房、平成十四年)からこの単眼望遠鏡は照空灯をケーブルで繋ぎ操縦するためのもので、「離隔操縦機」と判明した。
その他の兵器として機関砲などの兵器類があるが省略する。

高射砲部隊の各種兵器図

三式12センチ高射砲は終戦までに百数十門生産され、全国主要都市に分散配置された。

次の十五センチ砲は十二高と比較して、けた違いの性能を持つ陸軍最大の砲で、十九年一月から開発を始めてようやく完成した二門が昭和二十年五月、高射第一一二連隊第一大隊第一中隊杉並区久我山陣地に配備された。

B-29を撃墜できた高射砲
終戦直後、米軍が撮影した小岩陣地の十二高

3式12センチ高射砲諸元

口径	120ミリ
砲身長	6.71メートル（56口径）
高低射界	マイナス8～プラス90度
方向射界	全周2回転
放列砲車重量	19,808トン
弾量	23.4キログラム
初速	653メートル／秒
最大射程	20,500メートル
最大射高	14,000メートル

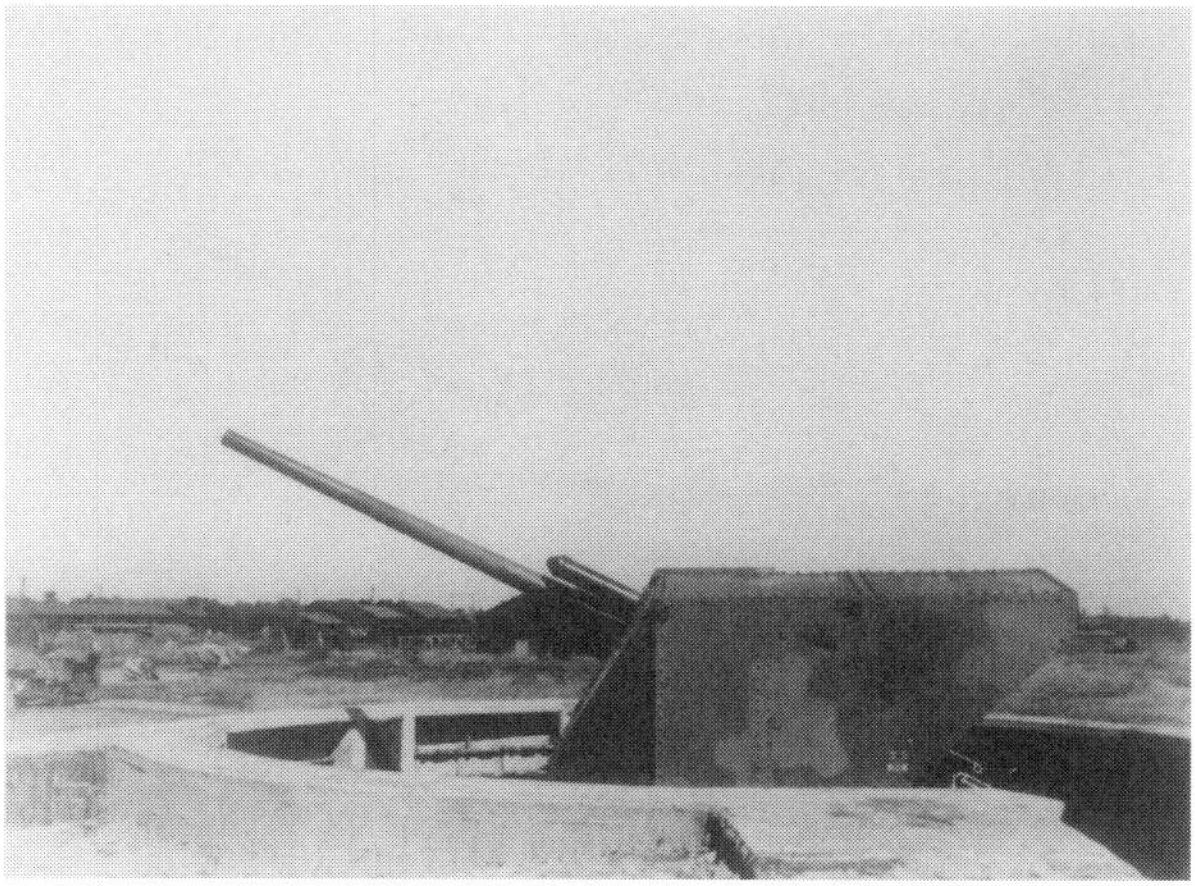

3式12センチ高射砲。海軍の12.7センチ高角砲の技術を取り入れたといわれる。

八八式7センチ高射砲
小岩陣地に移動する前、一之江陣地において訓練に励む山本中隊の隊員。

後楽園球場に置かれた7センチ砲

東京・久我山の15センチ砲

5式15センチ高射砲諸元

口径	149.1ミリ
砲身長	9メートル（60口径）
高低射界	0～プラス65度
方向射界	360度
放列砲車重量	約50トン
弾量	50キログラム
初速	約930メートル／秒
最大射程	約26,000メートル
最大射高	約19,000メートル

15センチ高射砲の弾丸

東京・久我山の15センチ砲

この十五センチ砲は制式（陸軍省が認可して正式に採用決定したもの）年号は付けず「十五高」と呼称された。

この十五高が威力を発揮したのは、終戦直前の八月二日、八王子を襲った敵B－29の編隊が帰途久我山陣地上空にさしかかったとき、編隊の中に十五高二門の砲弾が炸裂し、その強力な爆風により二機が撃墜されたという。

その後米軍機は久我山陣地の上空を避けて飛行した。

注・終戦時、十五砲の残りの砲弾はわずか四十五発しかなかったそうである。また米軍が欲しがった高射算定具は分解して隅田川に投棄、敵に渡さなかった。

十五センチ高射砲は高射第一一二連隊第一大隊第一中隊（東京都杉並区久我山陣地）に二門配備され、首都防衛の一翼を担った。

「諸元」は射高二万メートル、射角八十七・五度、三六〇度旋回、照準電気式高射算定具二台、自動装填八秒ごとに発射できた。なお十五高の算定具は二台装備され、敵機追跡用一号機（地上用）と、未来位置追跡用二号機（地下室）があり、二台とも十五高と電気的に連動されていた。〔『高射戦史』下志津（高射学校）修親会編、田中書

3図とも小岩陣地に設置されたレーダー

小岩陣地に設置されていた改Ⅳ型レーダーアンテナ（受信）

上図
改Ⅳ型受信アンテナ
波長　1.5m
尖端出力　10KW
標定可能　40Km
測距精度　40m
測角精度　1／19度
測高精度　1／19度
重　量　2.5トン

中図
Ⅲ型受信アンテナ
水平タブレット波長　3～4m
尖端出力　50KW
標定可能　20Km
測距精度　100m
測角精度　1度
測高精度　1度
重　量　4トン

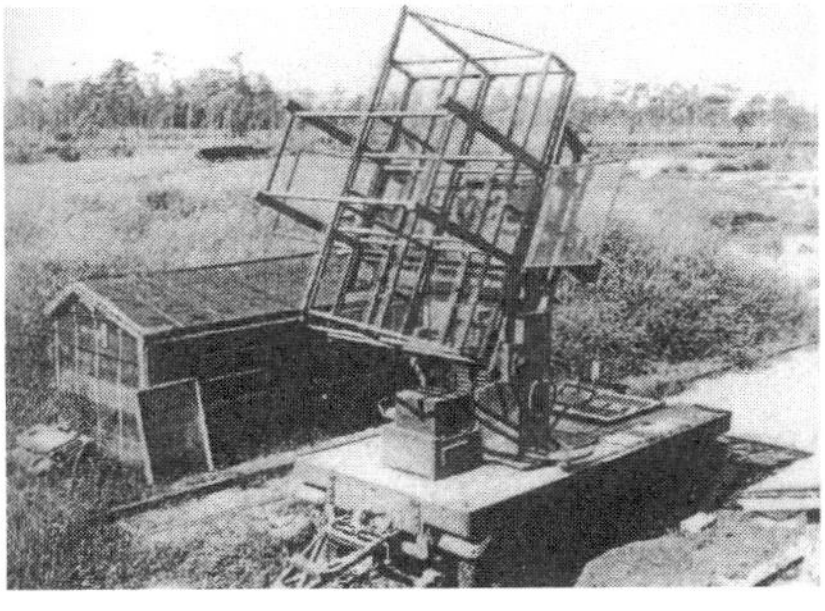

下図
タチⅡ号対空射撃レーダー
金属反射板を背後に置いた4素子のダイポールアンテナが回転コンデンサーで受信機と結合されている。
波長　1.5m
尖端出力　10KW
標定可能　20Km
測距精度　100m
測角精度　1度
測高精度　1度
重量　2.5トン

店〕

かろうじて実用になったのはⅢ型電波標定機であった。終戦近くなり、これらのレーダーは米軍の妨害電波を受け使用不能に陥り、対策を考えたが実現しなかった。

終戦直後のある日、筆者が陣地の様子を見に行ったときのことだ。南部の十二高砲座西側の弾薬庫から塀沿いの少し南に、四十五ページ上図の海軍対空射撃用レーダー（四号二型）と全く同じ型のものが置いてあった。これは海軍側の資料に、陸軍では「タチ三号」とある。

小岩円形陣地八高中隊の近くにあったものか、あるいは他の部隊から終戦になって小岩陣地へ運ばれてきたのか判らないが、この電波標定機は破壊されておらず、完全な状態であった。

さて、各種防空兵器の説明をまとめる意味で、我が国の電波兵器開発に際し、陸海軍の各研究機関における技術者たちが電子機器等に使う銅など希少金属の欠乏のなか、いかに技術開発を進めていったか、その苦労の一端を紹介させていただく。

ディーゼルエンジンによる発電機
小岩陣地

7cm単眼望遠鏡
照空灯「離隔操縦機」用

八九式10センチ対空双眼鏡(60倍)を操作する千葉高射学校の少年高射兵
(『日本の戦史』別巻⑦「陸軍少年兵」毎日新聞社より)

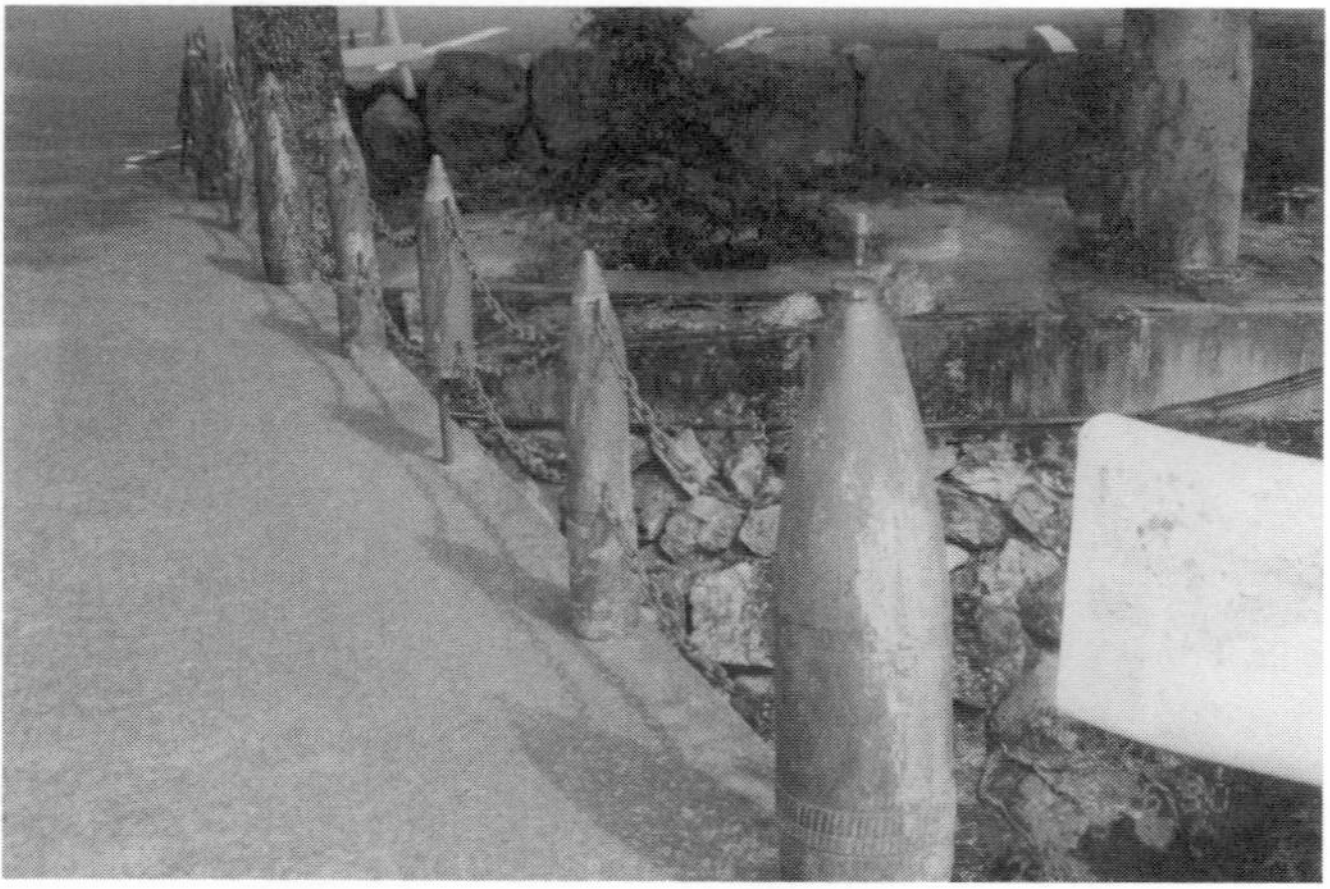

橋の欄干に使われている高射砲弾
手前から12センチ、7センチ(平成12年　伊豆韮山古川にある)

一式150センチ照空灯

九〇式聴音機

「高二柏会」（高射砲第2連隊）元隊員　山中秀吉氏提供

九〇式三メートル測高機　小岩陣地

海軍が開発した対空射撃用レーダー（陸上基地）（『今日の話題戦記版』第18集より）陸軍では「タチ3号」と呼称
上は4号II型と呼ばれ、シンガポールで鹵獲した英軍のSLC（サーチライトコントロール）装置を、全面的に取り入れて兵器化したもの。

陸海軍部はともに、通信機材に関しては厳しい品質を要求し、購入する部品は市場の十倍くらいで買ってくれたのである。

太平洋戦争が始まり一年も経たないうちにほとんど消耗してしまい、同時に資源が底をついてきた。特に優れたレーダーの開発には丈夫で長持ちする超短波発振管が不可欠だが、天然のニッケルなどの資材がついに市場から消えてしまった。結局〝ヤミ〟物資に頼るほかなく、各研究所の購買担当官が軍需省に出向き、純度の高いニッケルが要るので、なん

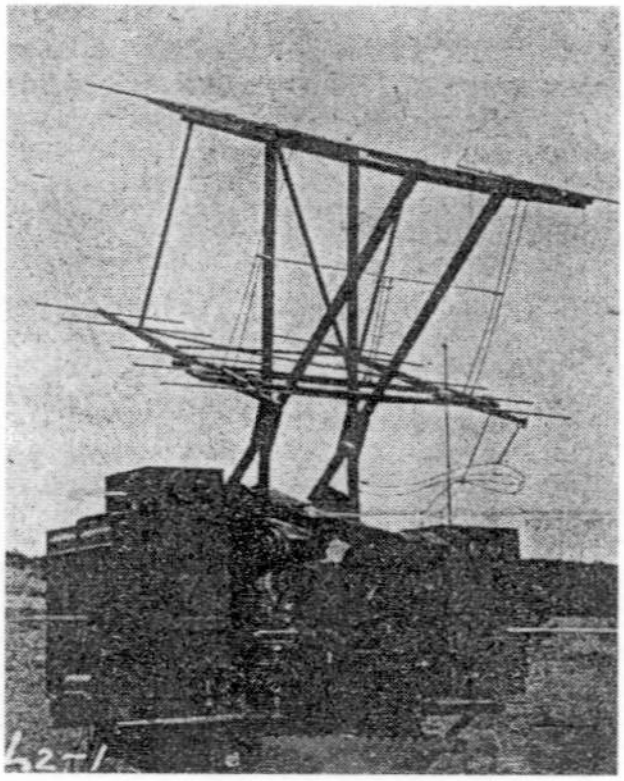

4号III型、正しくは「仮称4号電波探信儀（海軍呼称）3型（L1)」探照灯誘導電探（同じく海軍使用）
海軍側のレーダーに対する要望は、ガダルカナル攻防戦におけるサボ島沖夜戦で米海軍のレーダーにより大敗北を喫したことから、急速に高まった。
海軍技術研究所では用途に応じた各種のレーダーを開発した。

とか手当てしてほしいと願い出た。そこで、香港で手に入れたニッケル貨を試験的に使ってみたらどうかということで試してみたところ、非常に良い結果が出た。まもなくその情報が業界に流れて、香港コインの争奪戦が始まったという。

なお電子資材の欠乏に関する具体的な例を示す。

それは旧海軍航空隊機上用無線機に使われた受信用高周波増幅管（FM2A05A）で、設計上は高利得の真空管であったが、なんと次図に示すようなソケットと脚部まで

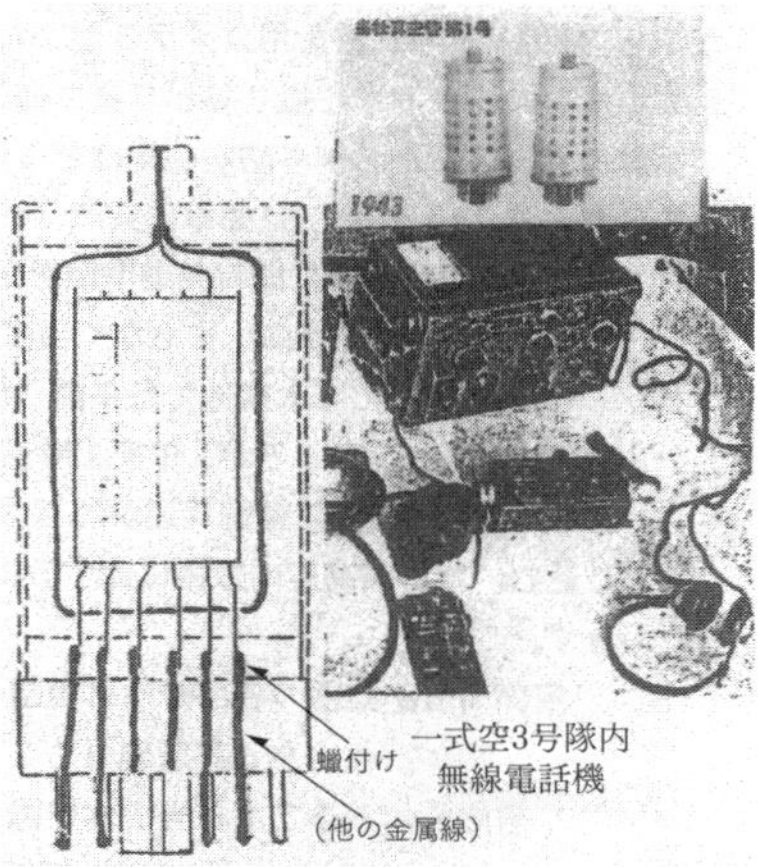

一式空3号隊内無線電話機　改2
アルミシールド

松下電器無線製造所　昭和19年2月製造
使用真空管　FM2A05A

※一式空3号隊内無線電話機　改2（昭和16年認定海軍艦上爆撃機2・3座用、彗星などに搭載）と呼ばれ、戦時中、アマチュア無線家の考案による優れた新技術を基に製造された。昭和19年、資材が欠乏した状況の中で量産に入る。

周波数30MHz〜50MHz・水晶発振送信機。入力10ワット、通達距離5浬《かいり》、重量18キログラム。優れた設計と軽量を特徴とした（『アマチュア無線外史』電波科学社）

搭乗員たちは前述のように、粗悪な部品と真空管不良により、性能が発揮できず機体からはずして戦場に赴いたという。

のリード線のわずか二・五センチを、銅線欠乏か、あるいは節約のためかいずれかの理由で他の金属線が使われていたのだ。これは電子機器では到底考えられないことである。

筆者は終戦後間もなく、この通信機を秋葉原のジャンク屋で入手し、実験したが、作動せず、中を見たら図のような状態であった。

5　B－29爆撃機の帝都初侵入　防空情報

昭和十九年七月、我が国の絶対国防圏であったサイパン・グアム・テニアン島などが敵の手中に落ちた。米軍はいち早く滑走路を整備し、大型爆撃機B－29を続々と送り込んできた。東京空襲を企図し、先行偵察の任務を負った一機のB－29改造偵察機F－13は、昭和十九年十一月一日午前五時五十分（サイパン現地時間）、イスレイ基地を飛び立ち、正午過ぎ帝都に侵入した。

ドゥーリトル来襲以後、東部軍は当時の工業力を傾注して帝都防空態勢を整えた矢先であった。だが、初めて見る巨大な〝超空の要塞〟B－29は、その名のごとく驚くべき性能を持っていたのである。

東京上空には晩秋の青空が広がり、敵側にとっては絶好の撮影日和であった。侵入したB－29改造偵察機F－13は、当初の計画に沿って東京上空を等間隔に縦横に直線飛行しながら、装備した写真撮影用カメラ三台を駆使して、高度九八〇〇メートルから工場地帯、軍事施設の精密な写真を撮り終わり、東方海上へ遁走していった。

これを迎え撃った我が各防空部隊はどう対応したのか。要点だけまとめてみる。

一、午後一時八分、東部軍に突然「敵機、勝浦から侵入」の報入る。第十飛行師団長は各飛行戦隊に即時発進準備を指令。各監視哨からの報告から敵機は少なくとも三機以上と判断。まもなく当直飛行戦隊の「鍾馗」や武装「司偵」（司令部偵察機）が飛び立つ。

二、海軍航空隊の厚木基地では、午前十時、定例の進級式が行われるため全要員が飛行場に出ていた。ところが、午後一時過ぎ突然空襲警報のサイレンが鳴り響く。列線にある「零戦」「雷電」に整備兵たちが急ぎ、機銃弾を装填する中、おっとり刀の搭乗員が乗り込む。だが高高度の敵機に達するには少なくても三十分以上かかり、敵機に接近できず。

三、東部高射砲集団の各部隊は射程圏に入った敵機に対し猛射を浴びせたが、一万メートル上空に達する威力ある高射砲（十二センチ）がわずか二十六門。撃墜できず。

四、小岩陣地内、十二高担当山本中隊は、Ｆ－13が偵察撮影を終え遁走の際、射程圏に入った敵機に射撃したところ、至近弾が炸裂した。敵は驚いて急に方向を南に変え、東京湾から房総半島へ抜け、東方海上へ逃げて行った。

なお隣接する八高三個中隊十八門も威力圏外であったが懸命に射撃した。

敵Ｆ－13の侵入を目撃した都民は、常識を超えた巨大な機体に驚かされた。きらりと銀色に光る機体の四基のエンジンから白いジェット雲を吐き、高高度で飛行する敵機を見た都民は恐怖感とともに、その技術力に一瞬感歎の声が出るほどであった（この〝超空の要塞〟Ｂ－29の開発に投じられた費用には、原子爆弾を生み出した「マンハッタン計画」を十億ドルも上回る三十億ドルを支出したといわれる）。

次に、飛来する敵機をいち早く察知する電波警戒機部隊、および各地に展開する軍民監視哨など、情報連絡の実態はどうであったかをみてみる。

6　八丈島航空情報隊

昭和十九年十一月一日、B－29改造の偵察機F－13の初侵入への対応には、先のドゥーリトルの苦い経験を充分生かされていなかったようだ。

敵機が勝浦上空に現れてから空襲警報が発令される始末。この原因は通信機材の不備と技術水準が欧米と比べ低いことや、情報連絡にあたる人為的な面も否定できない。

帝都を目標とし、関東、および東海地方に向かう敵機の情報を東部軍司令部に送る重要な役目を果たした、八丈島における電波警戒機乙担当部隊、東部第一九五〇部隊（航空情報隊）三原隊について、元隊員伊藤　領氏（警戒機乙の設置と運用に関わる）から提供の貴重な資料により、その展開状況を簡単に述べる。

ドゥーリトルの奇襲によって敵機早期発見のためのレーダー網の設置が急がれ、昭和十七年末に八丈島を起点として、下田・白浜間に電波警戒線（電波警戒機甲と呼ばれ、この区間に航空機が通過すると「ワン、ワン」と音を発する装置であるが、性能はきわめて劣る）を設置した。

八丈島三原隊の当時の隊長、恵美時定氏が戦後戦友会の席上で語ったところによると、昭和十八年初頭、軍上層部に対し、八丈島に一刻も早い警戒機乙の設置を進言したが、前線の方を重視して聞き入れてくれなかったという。

だが、十九年六月十五日米軍のサイパン島上陸により、急遽、警戒機乙の配備が決まった。建設工事が開始された七月は、例年にない異常気象に見舞われた。連日に亘る雨天の中、重さ四トンもある発電機その他機材の揚陸には筆舌に尽くせぬ困難（徴用した牛はあまりにも過酷な作業のため涙を流したという）を極めたが、十月末ようやく展開可能となった。

十一月一日、F－13飛来のときは、父島から東部軍司令部に敵大型機北上中の無線連絡をしたことが他の資料にあるが、完成直後の三原隊警戒機乙は機器操作の不慣れと、単機のためか反射波がブラウン管上に捕捉できなかった。しかも、下田・白浜・八丈島間の警戒線では下田警戒機甲が作動しなかった。しかし、元隊長恵美氏は、このF－13を同島の肉眼監視哨が発見したと述べているので、おそらくこの情報は無電で九段の防空司令部へ届いたであろうことは間違いないであろう。

一方、東部軍司令部における情報処理の不手際も警報の遅れを招いたと思われる。軍部はかねてから大型爆撃機Ｂ－29の本土来襲が近いことを予想しながら、この初侵入は情報部隊においてもその対応に多くの問題があったことは事実だ。

その具体的な例を戦後刊行された本の中から拾ってみた。

楽観しすぎたＢ－29東京空襲

加藤　義秀

昭和十九年十一月一日――この日初めてサイパン島からのＢ－29による東京空襲がありました。私はそのとき、市谷の防衛総司令部の参謀室で、同僚と雑談しておりました。たぶん午前九時頃でしょう、無電室の兵隊がノックもせずにとびこんできました。

「八丈島南方、五十五キロの地点に大型機数機発見、北上中」

「サイパン島からは、まだＢ－29は来ないだろう」ぐらいに、予想していただけに、最初はなにかの間違いではないか、出先の監視所の手違いぐらいに思っておりましたが、それが事実とわかって、びっくりしてしまった。

なにしろあまり突発の空襲のため、防衛司令部としてもすっかりあわててしまい、防衛基地との連絡も思うようにとれない始末でした。

〔『週刊東京』昭和三十一年、十一月三日号（「東京空襲戦災史」より原文のまま一部抜粋）〕

混乱する東部軍情報――『放送ばなし』より――　和田　信賢

戦時中ラジオがどこの家庭でも絶対なくてはならないものにされたのは、一つに警戒警報を聴くためであった。

これほど真剣に聴かれた放送は日本の放送史始まっていらいなかったことである。ところが、私などよく知人の家へ行ったり、知人に会ったりすると、「一体どうして警報の放送があんなに遅いのだ。焼夷弾が投下されてしまってから空襲警報がでたり、京浜地区に間もなく侵入するといった時には、もう京浜地区に大挙来襲していたりする。」ときかれる。では、なにがこんなに警報を遅らせたのか。――

小笠原諸島や、伊豆列島や、伊豆半島、房総にある電波探知機は一瞬の遅滞なくアメリカの飛行機の動静を摑《つかま》えて知らせて来る。また山々の頂にある肉眼監視哨は、暑い夏の日も寒風肌を裂くような冬空にもひび、あかぎれを切らせて可憐な十七、八の少年が大空を睨んで、国土を護るという必勝の意気に燃えながら軍司令部へ報告をする。

これら末端の涙ぐましい努力があったにも拘わらず、これが無電で東京九段竹橋の東部軍司令部内作戦室に伝えられると、そこには精巧な電気仕掛けの防空作戦地図が掲げられてあり、その地図を按じて参謀長以下各参謀が作戦を練る。

ところが、肝腎要の民防空の関係将校は極めて手薄である。B－29の空襲が開始された前後などは僅かに朝日新聞から応召した藤井中尉がただ一人、不眠不休で頑張ってこの防空警報の文章の起案をした。

これを参謀の手に渡す。参謀が入念にこれを見て赤鉛筆をいれて訂正するのである。

これが放送を遅らせた原因である。

恐らく東部軍司令部詰めの参謀は、B－29の速度をご存知無かったに違いない。これで戦に勝てる道理がないではないか。

「東部軍管区情報……東部軍管区情報」、当時のJOAK東京放送は戦時体験者には忘れることができない。「敵B－29数編隊は八丈島南方海上を北上中なり」「関東地区は厳重な警戒を要す」「繰り返します」。一例をあげれば、このように放送されたと記憶している。

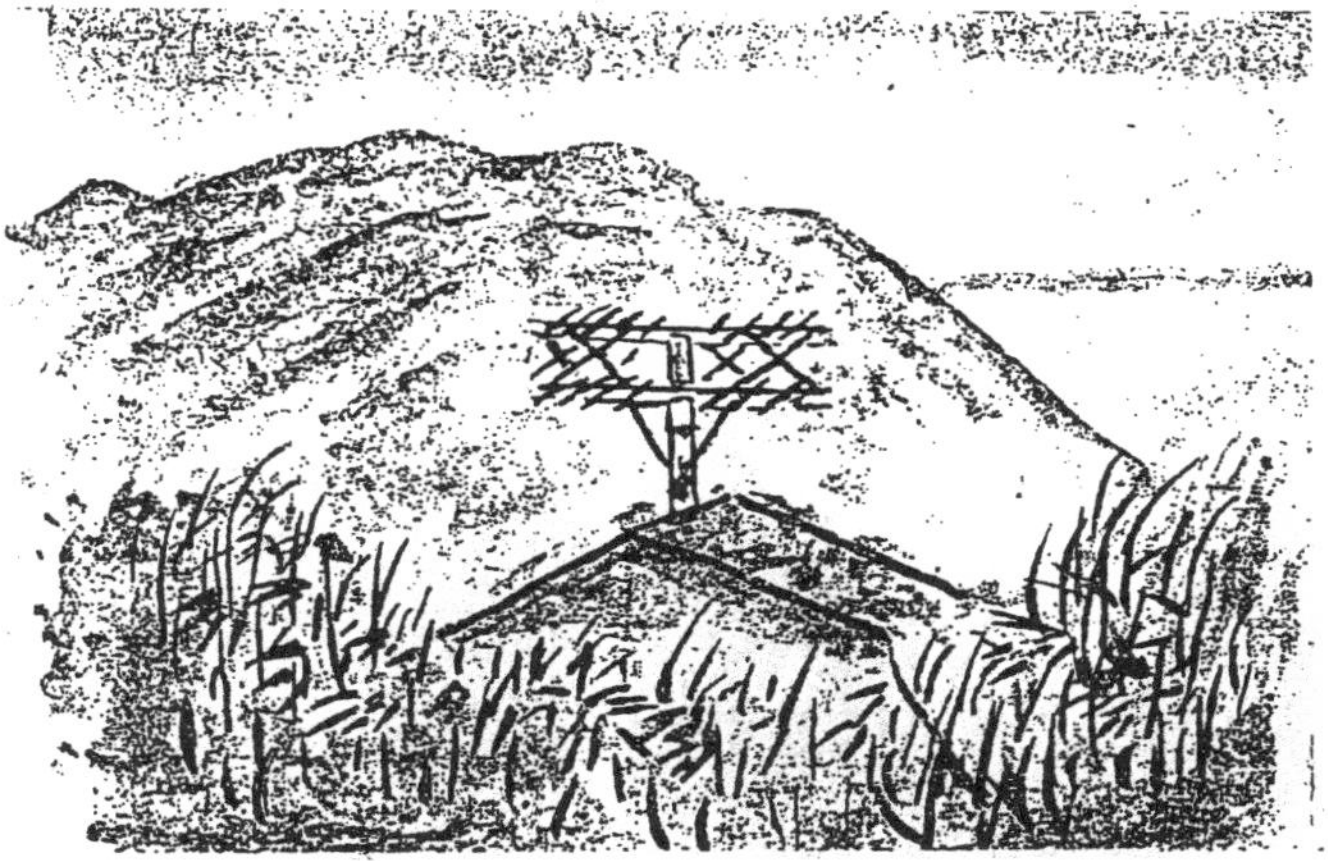

受信所のスケッチ

八丈島電波警戒機乙発信所
発振機　周波数80MHz　アンテナ高さ30m.
　　　　輻射角90度
　　　　測定距離　150Kmおよび300Kmの切り替え式　出力　50Kw
　　　　方向精度は＋－5度
受信機　ダブルスーパーヘテロダイン
　　　　受信アンテナは水平回転式複合タブレット
　　　　方向精度＋－5度
　　　　測距精度5～30Km
　　　　スケッチおよび資料提供　元八丈島航空情報隊第1950部隊三原隊　　　　元隊員　伊藤　領氏

　　　　（三原隊総員は赤坂留守部隊の伊藤領《オサム》准尉以下を含め410名であった）

東部軍司令部と八丈島航空情報隊との警戒連絡図（東部軍第一九五〇部隊）

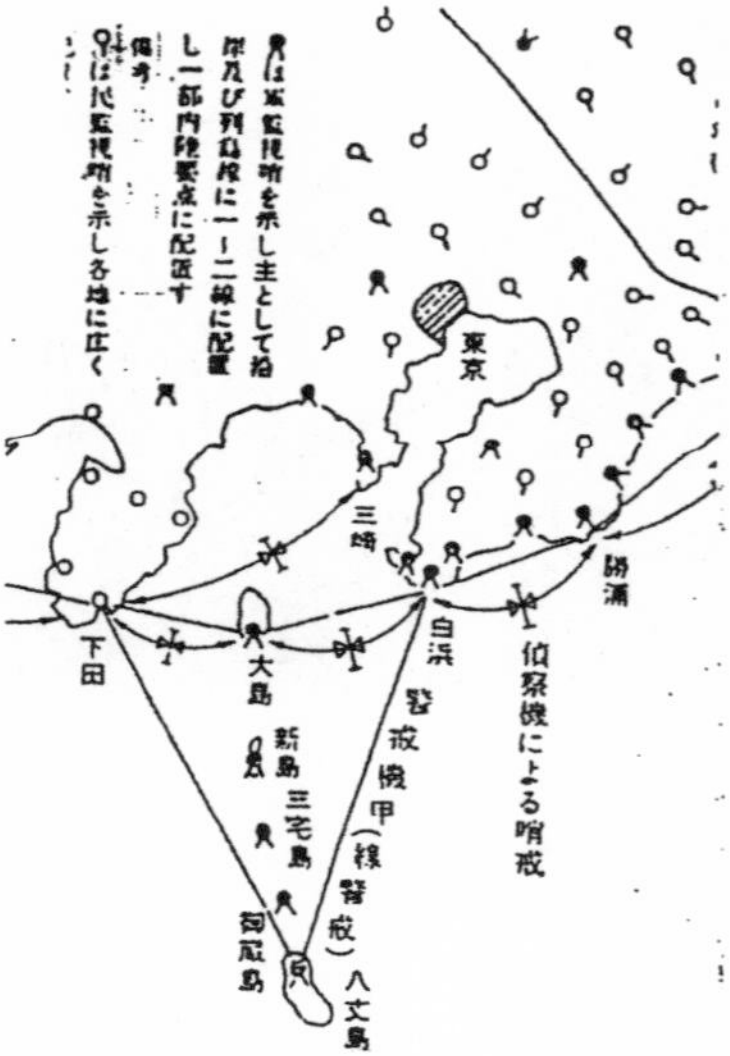

八丈島、東京間に約300キロメートル、B-29の巡航速度で約60分を要する。

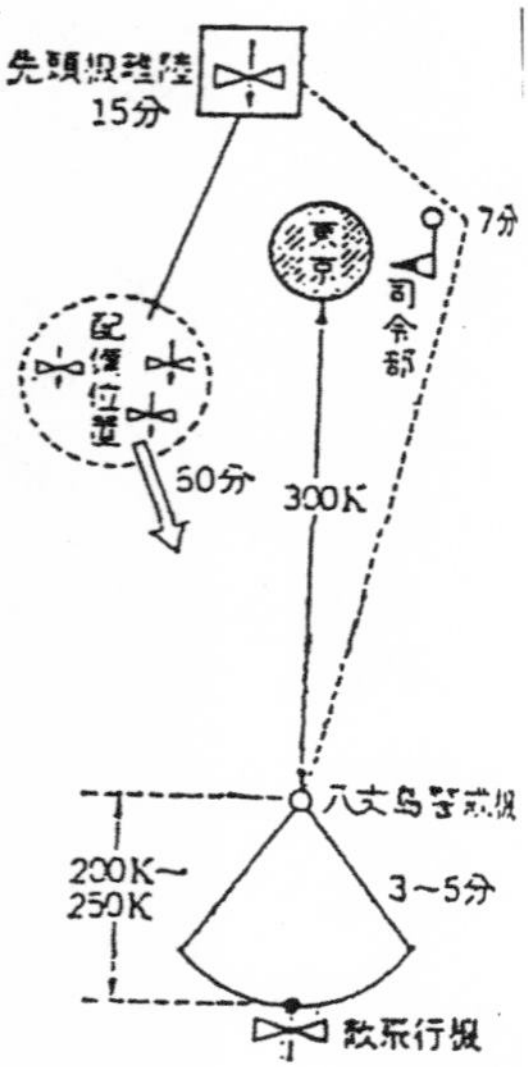

戦隊が師団の部署に基く配備位置に就く　この間所要の高度を採る━約1万メートル

行動	所要時間	時間計
八丈島南方200―250キロメートルに飛行機発見 各隊に警戒戦備を下令 八丈島上空にて敵を確認	3－5分	85－87分
師団に報告到着、出動下令	7分	
戦隊先頭機離陸	15分	

空襲をどう防いだか
東京・愛宕山にあった陸軍電波送受信所。小笠原などからの空襲部隊通信の報告をここで受信した。

八丈島警戒隊のレーダーが敵機を捕捉すると直ちに東部軍司令部に無電で通報、各防空部隊が連絡を受け邀撃機が飛び立ち、高度一万メートルに達するには約八十分を要するので、敵機（B－29）を本土で待ち受けるには、八丈島警戒隊の存在は距離的にも極めて重要な位置にあった。

（『東京空襲戦災史』第四巻、財団法人東京空襲を記録する会刊、一九七五年）

八丈島三原隊警戒機乙の観測員は連日の訓練により、ようやく十二センチブラウン管に現れる微妙な波形から、敵機の二度目の飛来した十一月六日、

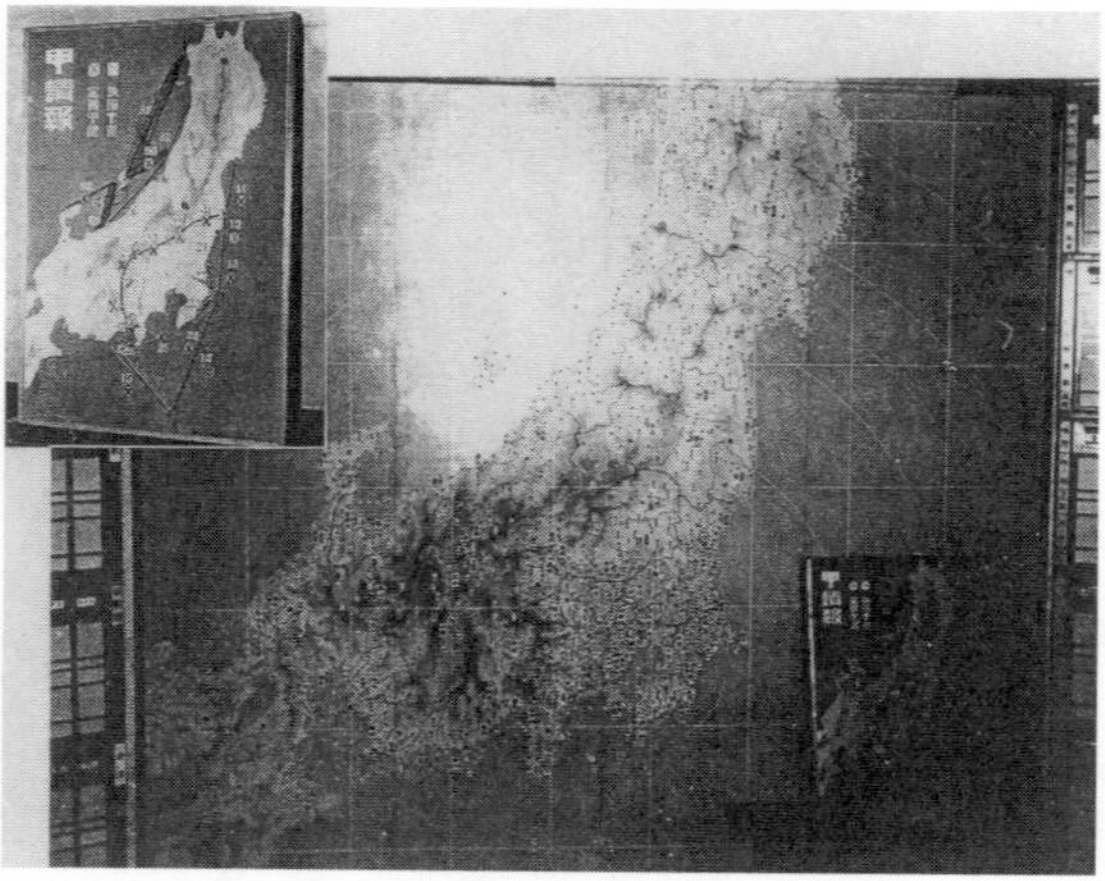

東京防空司令部の内部。大手町のビルの地下室にあり、NHKの放送室も置かれて、即時に放送できるようになっていた。

地図の上に印す情報盤指示スイッチ。

初めて敵機を捕捉することができた。

以来終戦まで、三原隊は二十四時間態勢の監視を続け、東部軍司令部に重要な情報を送ることになる。

さて、昭和十八年末から小岩陣地内に十二センチ砲の構築を急いでいた山本中隊は、翌十九年二月、待望していた威力ある「三式十二高六門」が完成したので一之江陣地から移動し、展開を始めた。この九か月後に山本中隊の戦いが始まるのだ。

7　B－29迎撃戦

昭和十九年十一月五日、二回目のB－29単機が飛来（八丈島警戒機乙が初めて捕捉した）したが、このF－13偵察機は帝都に侵入せず東海道方面に現れ、本土に接近しただけで退去していった。

二日後の七日午後十二時五十分、B－29二機が帝都に侵入、小岩陣地上空を飛行する敵機に、小岩陣地の十二高はじめ八高すべてが射撃した。そのとき敵機の飛行諸元は高度一万二〇〇〇メートル、航速測定器の示す数値は秒速一七〇メートルであった。

敵機は西方に飛行を続けて前橋方面で旋回、高度一万三〇〇〇メートルで偏西風に乗り、秒速二〇〇メートルの猛スピードで再び小岩上空に向かってきたので、これに対し、小岩陣地内の全ての砲が火を噴いたので、爆煙が雲のように空を蔽った。

今回もF－13の偵察と見られ、爆弾や焼夷弾も投下せず銚子方面から遁走していった。

十二高の砲台は厚さ二メートルもあるペトン（コンクリート）で覆われており、砲を操作する隊員たちは二センチ厚の鉄板で囲まれた掩蔽の中で、指揮所から送られてくる数値を砲の目盛と合致したとき、隊長の〝撃て〟の号令で引き金を引くのだが、八高と違い発射した砲弾が敵機のどの辺で炸裂しているのか判らない。微かな明かりの中で二十五キロの砲弾を手で持ち運び装填して、目盛盤が○点に合うのを凝視する。強烈な発射音は耳栓などの防音具を使用しても効果がない中で懸命に戦ったのだ。

マリアナ基地（サイパン・グアム・テニアン）に集結したB—29爆撃機が着々と東京大空爆の準備に入った。

米国統合参謀本部は東京の精密写真をもとに、第一目標として日本の航空機製造施設である、戦闘機用エンジンの約四十パーセントを生産する、東京・三鷹の中島飛行機製作所の徹底的破壊を命じた。我が国の防空戦力の無力化に対する戦略として、この重要施設の破壊に向け本格的な空襲が始まる。

米国陸軍航空隊司令部司令官アーノルド大将から、第二十一爆撃軍（マリアナ基地B—29部隊司令部）ハンセン准将に、一九四四年十一月十一日付け、東京三鷹中島飛行機武蔵製作所に対する爆撃命令が下り、爆撃日は同十七日と決められた。

しかし、サイパン基地周辺の気象が悪化して延期、その後の決行日も悪天候により何度か中止を余儀なくされ、当初の決行予定日より十二日遅れの二十三日夜、ようやく命令が下された。

十一月一日の偵察から最初の東京大空爆に向かう搭乗員たちは情報員から、東京上空には六〇〇機の敵防空戦闘機が待ち構えているとか、強い乱気流が吹いているなど、恐怖心を煽るような連絡を受け、東京空爆の第一陣を担う興奮と不安の中で、夜明け前の薄暗い滑走路から次々と北方へ発進した（出撃B－29、一一一機）。（『戦略・東京大空爆』E・バートレット著、大谷勲訳、光人社より）

会誌「かたくり」から、昭和十九年十一月二十四日当日の迎撃状況について引用させていただく。

十一月二十四日十一時、敵十六機大島上空を通過、さらに平塚方面より七機編隊東北に向け進行中なりとの情報が入る。敵は当初の偵察飛行では東方海上から侵入していたが、今回は伊豆半島西側沿いに北上し、東北に進路を転じて目標としていた三鷹の中島飛行機武蔵製作所に爆弾を投下後、高度九〇〇〇メートル、航速一二〇メートル／ｓｅｃで都心上空に入る。

三鷹付近の上空では我が防空戦闘機隊がＢ－29に対し必死に機銃弾を撃ち込んでいる状況が霞んだ雲間から見える。

間もなく、我が陣地に攻撃を仕掛けてきた敵編隊を十二高観測班は捕捉したが、あいにく雲量が多く標準を取ることができない。後続のＢ－29編隊は小岩陣地を目標に爆弾を投下し始めたが、幸いにも陣地付近の農地に落下し被害なし。さらに続く編隊も執拗に陣地目がけ雲の切れ間から真正面に攻撃して来る三機に砲身を向けると敵機は急旋回して射程外に逃げていった。別の編隊の敵機に猛射を繰り返すと、敵機の一機が黒煙をあげ東京湾に墜落したという情報が山本中隊に入る。この日は敵機に猛射を行った初めての日であった。

翌二十五日午前、小岩陣地に参謀本部から斉藤大佐が訪れ、昨日撃墜したＢ－29に関する射撃状況につき、果たして小岩高射砲隊によるものか否か報告を求められる。もし、確かな資料がない場合は航空隊の戦果になるという。

米国の資料では二十四日の損失は二機、内一機は不時着水（全員救助）、他の一機は日本機の体当たりと思われると記している。しかし、小岩陣地の十二高の砲撃により撃墜されたと考えられる一機を含めれば三機を失ったことになる。

米軍資料「日本空襲の全容」より

作戦任務第七号

①日付	一九四四年十一月二十四日
②コード名	サンアントニオ（San Antonio）
③目標	東京―中島飛行機武蔵製作所（三五七）
④参加部隊	第七十三航空団
⑤出撃爆撃機数	一一一機
⑥第一目標爆撃機数の割合	三十二パーセント（三十五機）
⑦第一目標上空時間	十一月二十四日二時十二分～十四時二十六分
⑧攻撃高度	二万七〇〇〇～三万三〇〇〇フィート
⑨目標上空の天候	2／10―9／10

⑩損失機

二機

⑪作戦任務の概要

五十機が東京の市街地と港湾地域を攻撃し、五機が臨機目標として松崎村を攻撃した。爆撃成果は僅少―一万六〇五八平方フィートを破壊、または損害を与えた。目標上空での対空速度は時速四四五マイル、目標地域内での爆弾破裂は十六箇所。二十三機が無効果出撃。一機が不時着水、全搭乗員を救助した。敵機の体当たり(Collision)で、一機を損失したと思われる。敵機の邀撃は貧弱、中程度ないし激烈―攻撃回数二〇〇。敵機を七機撃墜、十八機不確実撃墜、九機撃破。対空砲火は重砲、貧弱ないし中程度、不正確ないし正確。平均爆弾搭載量一万ポンド。

注・攻撃目標は数字で表され、東京・三鷹の中島飛行機武蔵製作所は(三五七)であった。

なお、松崎村とは伊豆半島西側の松崎村のことである。

『日本空襲の全容　米軍資料マリアナ基地B29部隊』では、B－29の損失数についてほぼ正確に公表していることから、二十四日の会誌「かたくり」が記す東京湾に墜落したB－29は、我が防空戦闘機隊の体当たりによるものかもしれない。しかし、米国側も撃墜された機が高射砲かあるいは日本機の体当たりによるものか、不明の場合もあった。その時は「未確認の原因で損失」としている。

十一月二十九日、敵は特定の軍事目標ではなく、東京工業地域の名のもとに市街地を第一目標に最初の夜間爆撃を行った。

西神田、錦糸町方面が焼夷弾攻撃で火災が発生し、低く垂れこめた雨雲に燃えさかる炎が赤く染まっていた。日増しに空襲の脅威が都民に襲い掛かってきた。

当時、小岩の住民は小岩陣地の八高（八センチ砲）と違う強烈な発射音の十二高について全く知らなかった。ただ威力のある高射砲として〝要塞砲〟と呼んでいた。十二高の発射の瞬間、百雷の閃光のように空が明るくなり、「パーン！」というもの凄く甲高い発射音は、陣地から一・五キロも離れた筆者のところでも、耳をつんざくようであった。隊員たちは防音具（耳栓）など役に立たない轟音の中で戦ったのであった。

十二月三日「十二時十分、敵大編隊北上中なりとの情報が入る。」ここ連日のようにB―29の空襲が激化し、小岩陣地内はいやがうえにも戦場の緊張惑が沸いてきた。

この日は、「今後いつ陣地が爆撃され戦死者が出るかもしれない、したがって兵舎内の掃除、官給品や私物などの整理をし、遺書など書いたりして、全員が砲側に待機した。」

午後二時、警戒警報が発令された。上空は晴れ渡り視界も良好、邀撃には好条件だ。「間もなく空襲警報が発令された。帝都西方上空では高射砲の弾幕が見え、かすかに炸裂音が聞こえてきた。」おそらく中島・武蔵製作所を爆撃しているに違いない。

「高射砲弾の合間を防空戦闘機隊も追撃を加えるが、敵編隊の機銃掃射の集中を受け、数機の友軍機が白煙を引いて墜落していく。」

この日、迎撃に向かった我が陸軍防空戦闘機隊は、先の十一月二十四日と同様、多くの可動機を発進させている。一方の海軍側は二十四日の出動機より少なく、厚木基地から三〇二空の「雷電」「零戦」を主力として七十七機が、陸軍では独立飛行第十七中隊と新編入飛行第二十八戦隊の武装した司令部偵察機「武装司偵」が新島方面の高高度哨戒に飛び立った。特に飛行第二四四戦隊四機による〝特攻攻撃〟は目覚ましいものがあった。

「中島・武蔵製作所に対して爆撃を終え、東方に飛行中の敵七機編隊を小岩陣地の山本中隊は捕捉した。敵機は高度約九〇〇〇～一万メートル、隣接する八高は有効な射撃は無理なため、山本中隊の十二高六門が射程圏に入ったB－29に対し、一斉射撃を行った。砲弾は編隊の飛行高度に達し、近くで炸裂したので、驚いて秒速二〇〇メートル（時速七二〇キロメートル）の信じられない速度で北に向きを変え遁走していった。」

「続く高度八四〇〇メートル、速度二〇五／秒で東北に飛行する第二梯団十二機編隊を捉え、射撃したところ、編隊の左側の一機が黒煙を噴いて千葉県八日市場付近に墜落していった。さらに別の一機も黒煙を引きながら東方海上に遁走した。」（「 」内は会誌「かたくり」から引用）

十二月三日の空襲に関して、前記『日本空襲の全容』によると損失機は五機とある。

しかし、『B－29日本爆撃30回の実録』（チェスター・マーシャル著、高木晃治訳）によると、日本軍の対空砲火は軽微であったが、射撃は正確で損失六機としている。

我が戦闘機の攻撃（体当たり攻撃）で四機を失い、二機は高射砲により撃墜され、その内の一機は会誌「かたくり」が記すように、小岩陣地十二高によって撃墜されたかもしれない。

なお、十二月三日における小岩陣地十二高が撃墜したとされるB－29について、戦後五十二年目の一九九七年八月十二日付けの毎日新聞に、「九死に一生のB－29の機長、半世紀ぶりに」と題して〝墜落の地〟を訪問するという記事が掲載された。

果たして山本中隊十二高によるものか否か、興味ある記事であったが、単に日本軍によるものとして、ほかには具体的な記述はなかった。

その後の記事で、元機長（ロバート・ゴールズワージー氏）の搭乗したB－29は、三鷹の中島飛行機武蔵製作所を爆撃し、マリアナ基地に向け東進中、千葉県北部上空で待ち構えていた日本軍の体当たりにより燃料タンクが破損し、墜落したとしている。

その状況を地上で住民が目撃しているので、このB－29は小岩陣地十二高の射撃が原因とは考えられない。だが『高射砲第百十五連隊第二中隊概史』によれば、当日の戦果として撃墜二機、撃破二機の記録がある。先の「かたくり」に記された〝他の一機が黒煙を吐き東方海上に遁走していった〟のは、小岩の十二高砲弾が命中したものであろうか。

さて、ゴールズワージー氏が体当たりを受けて墜落する機からパラシュートで降下した場所、千葉県東庄町（当時神代村）の町民の呼びかけで、氏は妻とともに慰霊祭に出席した（毎日新聞「〝墜落の地〟訪問」記事参照）。

平成十年五月、筆者はたまたま東京・両国の「江戸東京博物館」を訪れたとき、「東京空襲」に関する展示室に、このゴールズワージー氏の大森捕虜収容所での生活記録などの資料を見つけた。サイパン・イスレイ基地において仲間十一名とともに搭乗機をバックにした記念写真や、大森収容所における粗末な食事にたいする改善要求書、当時使用していた生活用品および靴なども展示されていた。

また、目を引いたのは、その隣に展示されていた十二・七ミリ機銃であった。B－29はこの強力な機銃を、一機につき十二挺と二十ミリ機関砲一挺の、計十三挺を装備していたのである。

墜落したとき、その機銃一挺とプロペラは戦利品として近くの小学校に贈られ展示してあったが、終戦のとき、校庭に埋めてしまった。それから四十八年後の平成四年、その小学校の跡地に公園を建設中、その十二・七ミリ機銃が偶然発見された。しかし、一緒に埋めたプロペラは発見されなかったそうである。発見された機銃は、半世紀近く地中にあっ

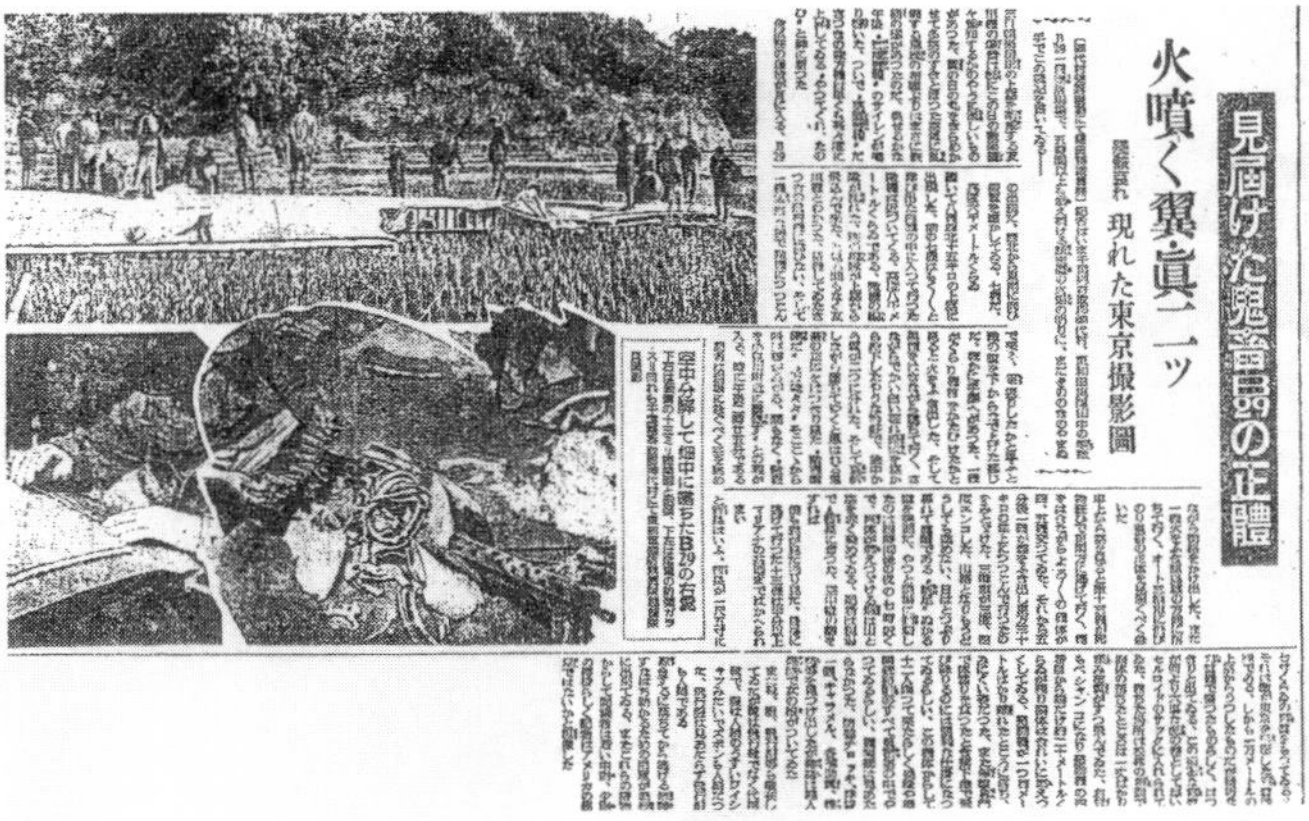

火噴く翼・眞二ツ

現れた東京撮影圖

昭和19年12月3日　日本機の体当たりにより神代村に撃墜されたB-29の記事　　12月5日付け　朝日新聞

たが、銃口の先端は今も白く輝いている。

帝都東方に位置する重要陣地の一つである小岩陣地は、敵機の東京爆撃コースに最も近くにあるため、特に山本中隊十二センチ砲の威力が充分発揮され、十一月二十四日以後はかなりの成果が見られた。軍上層部においても、小岩陣地をより一層重要視し、杉山元元帥（陸軍大臣）ら一行が小岩陣地を視察激励に訪れている（十二月三日）。

十九年十二月は連日のように、Ｂ―29は単機または数機による爆撃（市川国分、行徳など）があったが、幸い小岩地区は爆撃を逃れた。

暮れも押し迫った二十二日、午前零時十

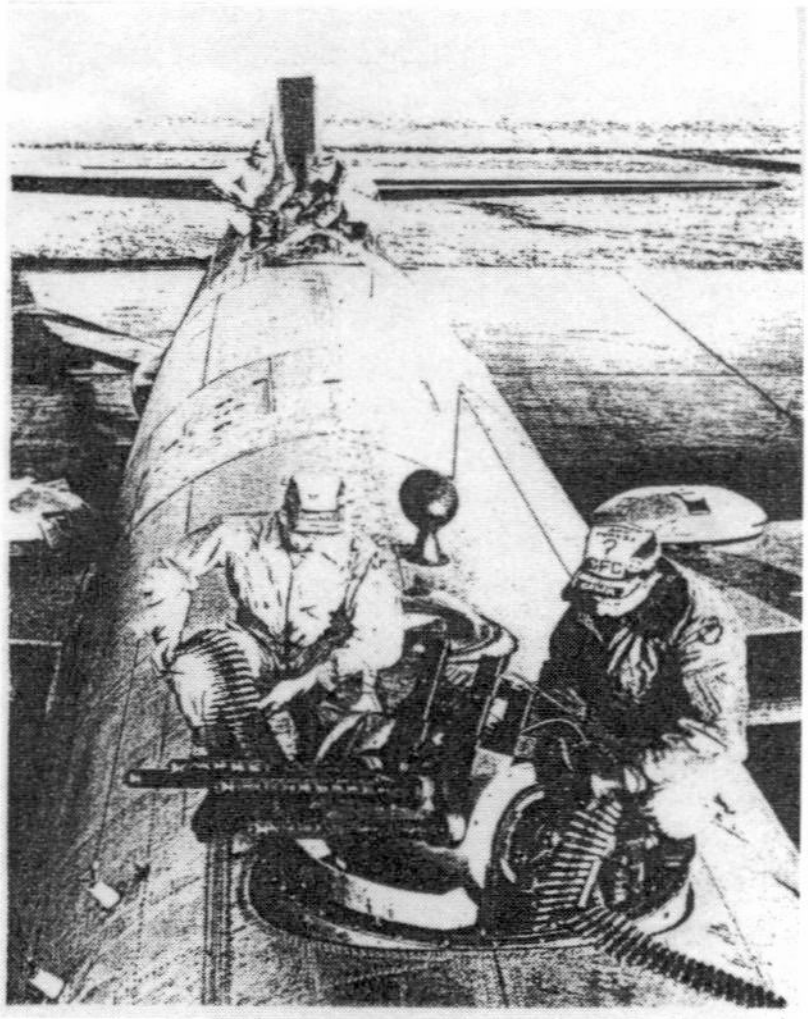

世界最強の防衛火器を備えたB-29の装備
B-29の装備は5基の銃塔があり、その内2基は機体上部前後に、2基は下部前後に、残り1基（20mm機関砲）は尾部に装備された。上方前方の機銃は当初2挺だったが、後にこの写真に示すように4挺となった。

口径12.7mm機関銃　12挺
　　20mm機関砲　　1挺
合計13挺

さらに敵機までの距離、高度、気温、風速を自動解析するコンピューター式照準器を備え、また別個に中央発射制御装置も備えて縦横に発射指令を出すことができた。
（写真『東京大空爆』光人社）

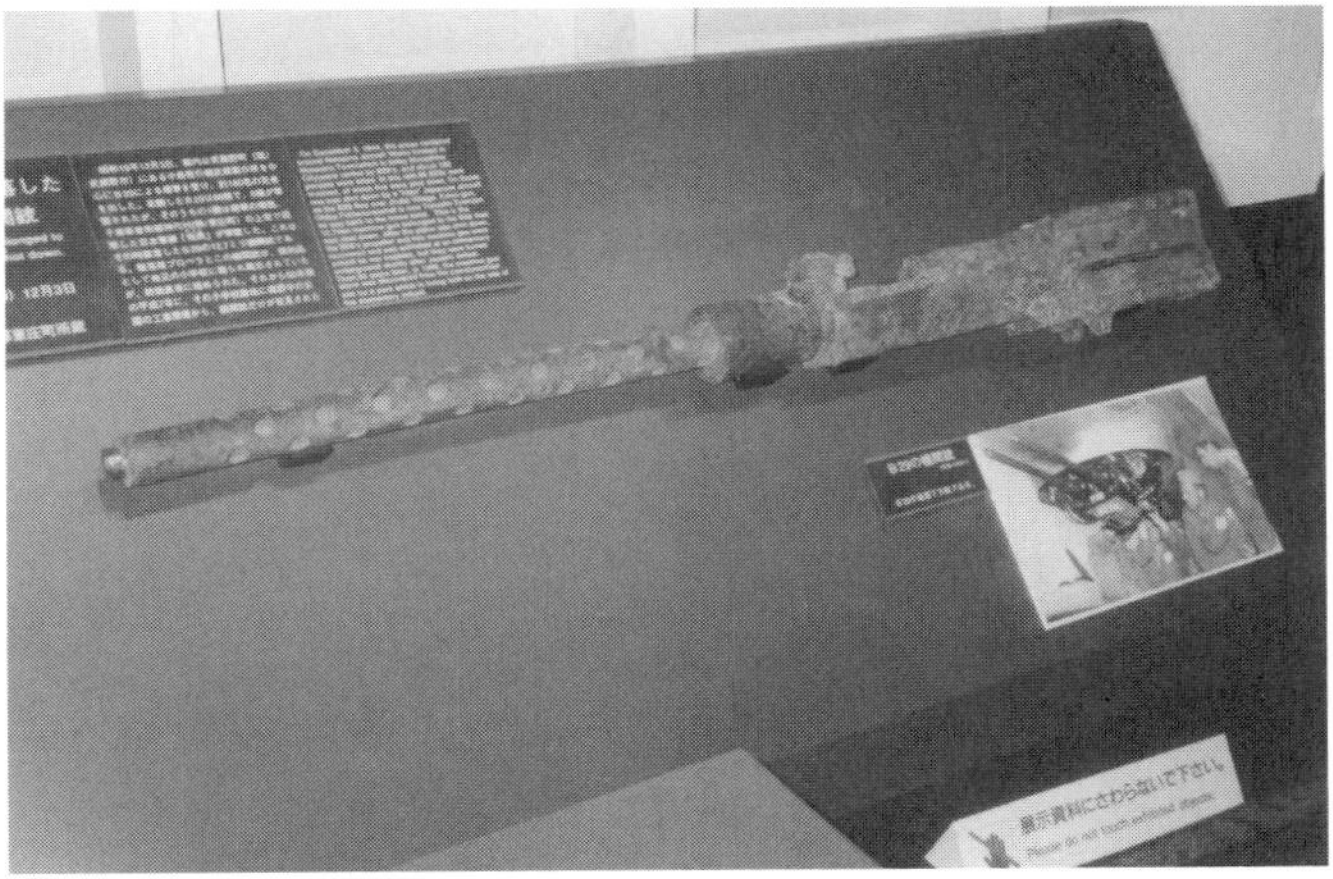

ゴールズワージー氏搭乗機B-29の発見された機関銃
江戸東京博物館

分、B－29数梯団が東方から高度七六〇〇メートルで侵入したので、小岩陣地の九九式八センチ一八門と十二高六門が一斉に猛射を浴びせた。それは百雷の一時に落ちたような音と、地響き、白煙が空一面に漂い、戦場さながらであった。だが結果は一機も撃墜できなかった。

十二月二十七日十二時三十分から十五時までの間に、数梯団計五十機が飛来した。山本中隊は之に猛射を浴びせ、そのうちの一機は直撃弾を受けたのか、火を吹きながら品川沖に墜落するのが目撃された。

「高射砲第百十五連隊山本中隊概史」によれば、小岩陣地付近に飛来した敵機の

九死に一生のB29元機長、半世紀ぶりに

“墜落の地”訪問

千葉・東庄町 町民の呼び掛けで来月

1944年、日本軍に撃墜され、千葉県東庄町（当時神代村）にパラシュートで降り、九死に一生を得た米軍爆撃機B29の元機長、[redacted]夫妻＝米ワシントン州在住＝が9月、同町を訪れ、地元の人たちと半世紀ぶりに再会する。「B29元機長夫妻を迎える会」の代表で同町の郷土史家、[redacted]さん(64)らは「墜落現場に立って互いに戦争の悲惨さを確認し、平和の精神を伝えていきたい」と慰霊祭を開く。

[redacted]さんは44年12月3日、B29の機長として東京にあった中島飛行機の工場を爆撃。帰還途中、日本軍の攻撃で燃料タンクに穴が開き、墜落した。

53年ぶりに東庄町を訪ねることになった[redacted]さん（右）と[redacted]さん＝今年2月、ハワイで（[redacted]さん提供）

[redacted]さんが中心となって95年にまとめた「B29墜落事件記録」によると、同日午後2時半ごろ、数十機連なったB29のごう音が西の空から聞こえた。うち1機からパラシュートがいくつも広がった。機体は噴煙を上げながら墜落した。

警防団員だった東庄町神田の[redacted]さん(72)らは現場に駆け付け、パラシュートで脱出した[redacted]さんを取り囲んだという。

このB29の搭乗員12人のうち9人は死亡し、戦後、帰国できたのは東京・大森の捕虜収容所に収容された3人だけ。現在生存するのは[redacted]さん1人。

[redacted]さんは45年に帰国。退役後、ワシントン州スポーケン市近郊で農場を経営していたが、93年2月、バカンスで訪れたハワイで横浜市都筑区中川の[redacted]さん(72)と出会った。[redacted]さんは大森の収容所、[redacted]さんは東京・本郷で、45年3月10日の東京大空襲を体験していることが分かり2人の親交が一気に深まった。

その後、B29の墜落現場も[redacted]さんらの調査で判明。[redacted]さんの来日の呼びかけに、[redacted]さんは「九死に一生を得た場所を妻にも見せたい」と決意。地元も今年2月、「迎える会」を結成し、準備を進めた。

夫妻は9月24日に来日。25日、東庄町の墜落現場での迎える会による慰霊祭に出席する。【五十嵐京治】

毎日新聞　1997年8月12日付け

状況は次の通りである。
〈十一月〉二十六日一機　二十七日四十機　三十日数機　射撃
〈十二月〉六日一機　七日数機雲上爆撃　九日一機雲上爆撃　十日二機投弾　内一機に射撃　十一日一機投弾　十二日三回各一機投弾　十四日二回各一機投弾　二十日二回各一機投弾　二十二日機数不明、小岩中隊一斉射撃

国民は空襲の不安をつのらせながら昭和二十年を迎えるのだ。

一月十五日、軍事参議官・安田武雄中将が師団長とともに小岩陣地を訪れ、小岩陣地を日本一の防空要塞とするゆえ、各自に意見を求めた。隊員の中にも建白書を提出した者がいた。それより少し前の九日、新しく開発された秘密兵器二式高射算定具が設置された。一メートル四方の分厚い鉄板に覆われた箱に、十万点以上の部品と二万点ものカムが組み込まれていて、大量生産ができないため、おそらくほかに一器あるかないか貴重な兵器であった。

この最新式高射算定具を小岩陣地に優先配備したのは、小岩陣地を最も重要視したから

であった。

激化する空襲

マリアナ基地第二十一爆軍司令部（サイパン・グアム）司令官・ハンセル准将が、中島飛行機武蔵製作所に対する大規模爆撃を行って一か月が過ぎた。その間数度の攻撃にもか

高射算定具　88式7センチ砲用（九七式）

型式不明　（旧型に属するか）

かわらず成果上がらないことに苛立ちを感じていた。

昭和二十年一月二十七日午後二時頃、七十六機のB－29が六度目となる同製作所の襲撃を行った。しかし、武蔵製作所の上空は厚い雲に覆われており、目標を東京市街地に変更、そのうちの五十六機が銀座付近と港湾施設を猛爆した。

これまでの空爆の経験から特に小岩陣地の存在が脅威となっており、この日は一部が小岩陣地に攻撃を仕掛けてきた。敵機が投下する焼夷弾が弾薬庫付近に落下し危険になる中、再び焼夷弾が新兵舎に落下し、燃え上がった。そのとき、射撃は全て不可能となり、駆け付けた初年兵たちの必死の消火活動で火を消し止めることができた。

さらに、兵舎と変電所に爆弾がそれぞれ二発、加えて負傷者収容施設にも一発が直撃した。陣地内の広場や周囲の田畑に数十発の焼夷弾が落下したが、幸い軟弱な土壌のため発火せず、そのまま突き刺さった。

人的には山本隊の兵士一名が軽傷を負ったのみであった。またこの空襲で付近の農家や人家に被害が及んだが、負傷者はでなかった。

小岩陣地に対する敵機の攻撃は、終戦までの期間を通じ、この日以上に激しく攻撃されたことはなかったという。

高射砲の発射音と爆弾が落下する轟音とが交差する中、マリアナ基地に帰投する雲上の敵機は小岩上空を通過していく。もし焼夷弾が数発落とされたら小岩の町はたちまち猛火に包まれてしまうだろう。避難先などわからないまま、小岩の住民は初めて空襲の恐ろしさを知らされたのであった。

マリアナ基地司令部の資料によれば、東京市街地は曇天のため爆撃効果は未確認としているが、銀座を中心とする市街地はかなりの被害が出たのである（空襲戦災史　銀座空襲）。

なお米側の損失はB－29が九機とされており、そのうち五機は我が防空戦闘機隊の攻撃で撃墜され、二機は帰投中に不時着水、一機が帰投の際に破損着陸し、一機が毀損調査で損失とされた。

当日の我が防空戦闘機隊の活躍はめざましかった。各防空戦隊では決死の特攻攻撃を行い、さらに海軍厚木基地三〇二空の活躍も大きかった。陸海空防空戦闘機隊の総力をもって行われたのである。

米側は、日本軍の攻撃は今までにないほど激しく、攻撃回数九八四、撃墜六十機、不確実撃墜十七機、三十九機を撃破し（敵機は体当たりを多くした）、対空砲火は重砲、中程度ないし激烈、不正確ないし正確と報じた。

日米双方が発表した戦果を次に示す。

日本側の発表　　陸海合わせてB－29撃墜　　二十二機
　　　　　　　　損失　未帰還機（自爆含む）　十二機
米国側の発表　　日本機撃墜　　　　　　　　六十機
　　　　　　　　不確実撃墜　　　　　　　　十七機
　　　　　　　　損失　B－29　　　　　　　九機

双方、誤認や重複は当然としても数字の差がかなりある。

なお、東部軍高射砲部隊の撃破した機数は明らかにされなかったが、かなりの戦果があったのではないか。

二月十六日、硫黄島上陸の陽動作戦を企図する米軍機動部隊が日本近海に出現、艦載機約二〇〇〇機が南関東に飛来した。

日本本土爆撃を終え、発進基地サイパン・テニアン・グアムに帰投するB－29にとり、そのほぼ中間に位置する硫黄島は非常に重要な場所であった。ここを確保すれば多くの搭乗員を救うことができるし、新たに投入された新鋭機「P－51」戦闘機がB－29を護衛するための基地となる。

米軍は多くの犠牲を辞さない大進攻作戦が迫った。

8　小岩陣地十二高　B―29撃墜

二月十九日午前六時、米機動部隊は二時間に亘る艦砲射撃の後、総計六万一〇〇〇の兵が硫黄島に上陸。対する日本軍守備隊、陸海合わせ二万一〇〇〇名との攻防戦が開始された。

マリアナ基地B―29部隊はこれに呼応して、七度目の中島飛行機武蔵製作所に対する爆撃を行った。

出撃機数一五〇機は午後二時四十九分、第一目標武蔵製作所に達した。しかし、上空は霞と巻雲が覆っていたため、目標を市街地に変更、レーダー攻撃を実施した。

二月の気候は、日本全土において、特に東京上空は雲の多い不安定な気候と、絶えず秒速八十メートル（高度八〇〇〇メートル以上）の強い偏西風が吹いており、さすがの〝超空の要塞〟と言われているB―29も有効な爆撃ができなかった。

去る一月二十七日、来襲したB―29迎撃戦で日本側は多くの防空戦闘機を失ったが、この日も出撃可能機を全力投入して戦った。特に体当たり特攻により、敵二機を撃墜、数機

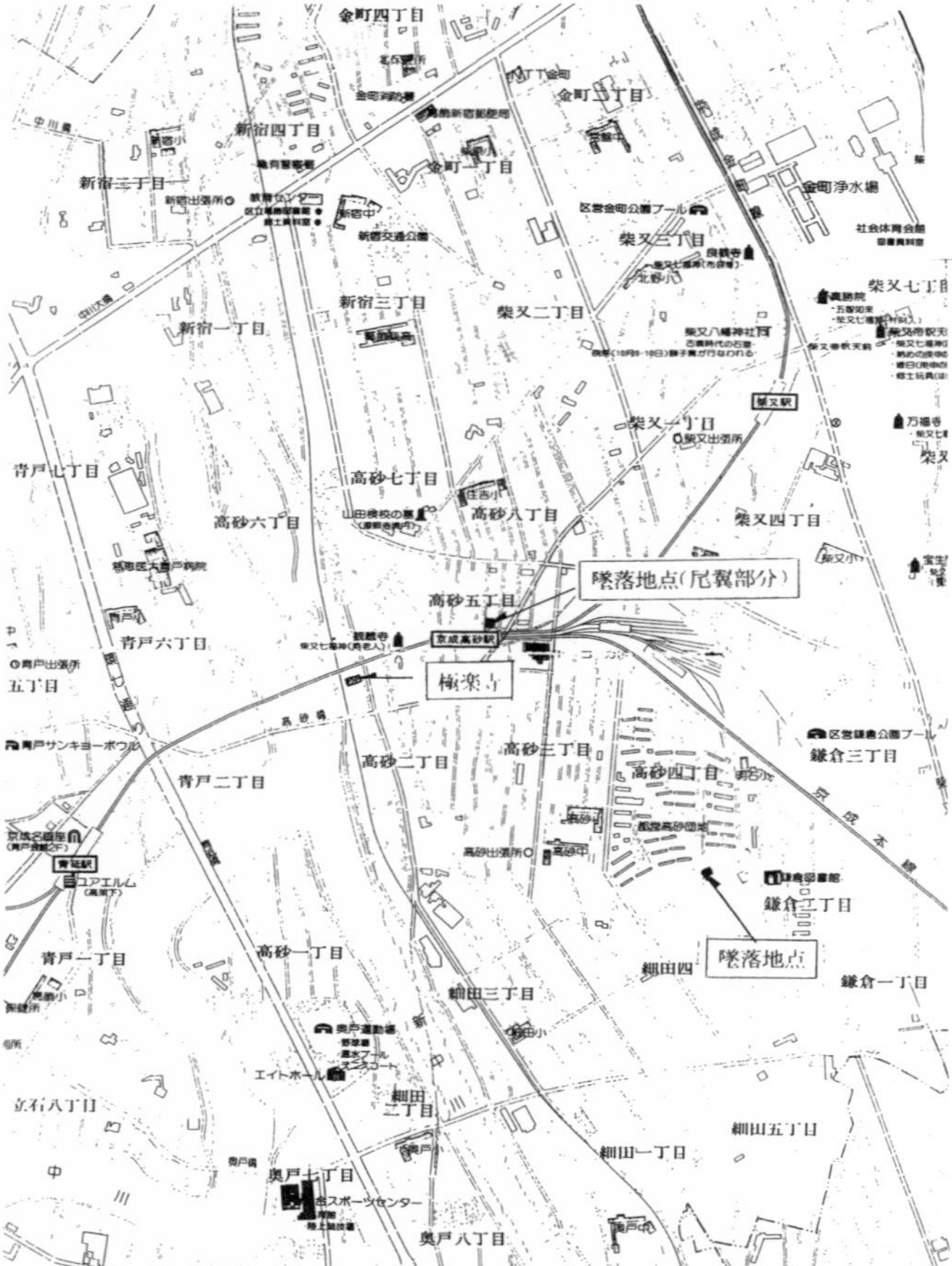

昭和20年2月19日　小岩高射砲陣地の山本中隊により撃墜されたB29墜落地点

に対し致命的な損害を与えた。米側の発表によると日本軍機の攻撃は強烈で反復攻撃の機数延べ五七〇機と記録にある。

高射砲部隊においては、無差別爆撃を行いながら東進する敵機を捕捉、東京北区王子上空八〇〇〇メートルで飛行する数編隊に対し、ある部隊が射撃した砲弾が敵機の胴体後部に命中した。機体は空中分解し、火も発せず墜落した。

高射第一師団下の高射砲部隊は八高および十二高を持って応戦した。このときの消耗弾は七高九十五発、八高二二二一発、十二高三〇四発であった。

墜落現場の状況

筆者はたまたま、動員先の工場（今の北区上中里三丁目）でこの状況を目撃した。やがて空襲警報解除になり帰宅の途についたが、この空襲で電車が動かず、ようやく自宅のある小岩駅に着いたときはすでに暗かった。ホームから北の方向に炎が立ち上がり夜空を赤く染めていた。その日、工場の上空で撃墜されたB－29ではないかと思い駅員に尋ねると、高射砲隊が撃ち落としたB－29が燃えているのだという。

腹が空いていたが、どうしても墜落したB－29を見たかった。筆者は燃えさかる灯りを頼りに現場へたどりついた。

墜落現場（葛飾区細田）は見渡す限り広い田んぼの中であった。冬の涸れた土壌は大勢の見物人の足跡で踏み固められていた。三十人くらいの見物人が散乱した機体の周りで、炎の明かりを頼りに何かを拾っている。墜落の衝撃で飴のように曲がったプロペラとエンジンが地中深く突っ込んでいた。また「小岩陣地撃墜」と書かれた木の立て札が微塵にくだけた機体の前にあった。ある人が、空中分解して墜落した尾翼部分は高砂駅の近くに落ちたことを教えてくれる。筆者も機銃弾や風防（防弾ガラス）の破片など持ち帰った。

翌日、搭乗員の遺体は高砂駅の西方にある極楽寺（八十四ページ地図参照）にまとめて、荼毘に付され、遺骨は憲兵隊により何処かへ持ち去られたという（極楽寺の証言）。

※墜落地点（胴体主翼部分）葛飾区鎌倉二丁目七番
（尾翼部分）　〃　高砂五丁目二十九番（今の京成高砂駅北口付近）

異臭が漂う墜落現場で、初めてB—29の砕け散った機体を見たとき、アメリカの工業力の凄さを思い知らされた。

それから数日後、筆者は再び墜落現場に行き、エンジンの部品一個をようやく取り外すことができた。翌日、その部品を動員先の工場に持っていき職工たちに見せると、彼らは部品の精巧さに驚いた。良質な素材と高度の技術で造られた部品は、とても当時の日本では製造不可能だった。

しかし、この撃墜されたB－29について、平成十三年五月に出版された前述の『B－29日本爆撃30回の実録』の中に、全く異なる次のような記述を見出す。

二月十九日、空中分解して墜落した機は、第四九九爆撃連隊（第七十三爆撃団、サイパン）のB－29で、飛行第五十三戦隊（松戸）屠龍《とりゅう》の山田健治伍長機による体当たり攻撃で彼我ともに葛飾区内に墜落した。

これに関しては事実をいま一度検証して後述する。

二月二十日早朝、小岩陣地山本中隊の下士官、田口幸一少尉が「駆け足訓練の名目」で、小岩陣地に入ってきたばかりの初年兵一〇〇名ほどと、前日のB－29の墜落現場を訪

幽靈のやうに落ち
形骸も止めぬ敵
慘たる撃墜現場を觀る

撃墜映す對空双眼鏡
高射砲隊長・會心の叫び

工場街を死守
防護團の活躍

凄い荒鷲の追撃
銚子沖合で四機撃墜

忽ち空中分解

寒の波に沈んだ救命ボート
日本側にB29の落し物

B29撃墜破百機
飛燕部隊輝く記録

朝日新聞　1945年2月20日付け

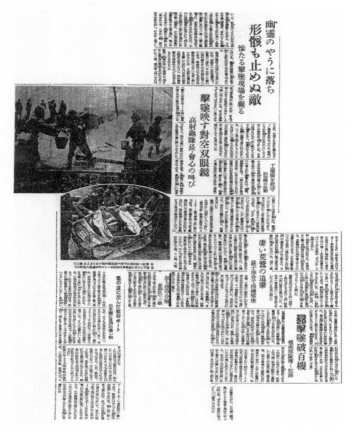

れている。すると、胴体部分の中に、女性と紛うような紅顔の若い搭乗員の死体があったそうだ。

戦利品として、パラシュート、航空食、菓子類、釣具、東京の精密地図などがあり、陣地へ持ち帰った。

山本中隊十二高がB－29を撃墜した二月十九日は、米国対日空爆戦略が大きく変わる日であった。

マリアナ基地司令官ハンセルは、それまで彼が行ってきた軍需工場中心の高高度精密爆撃による効果が少ないため、去る一月十九日に更迭され、新たに、ヨーロッパ戦線の指揮をとっていた剛腕のカーチス・E・ルメイが任命された。

ルメイは自国の多くの兵を失わず、あくまでこの〝超空の要塞〟B－29による空爆で日本を降伏させたいと考えた。彼の戦略は低空夜間爆撃である。

多くの犠牲を伴うかもしれない低空爆撃（二〇〇〇～三〇〇〇メートル）はサイパン・グアム・テニアンにおける各航空団の搭乗員たちからは猛烈な反対があった。しかも機銃を外し、それにより減量した分の焼夷弾を積んでいくのは無謀な作戦であると。しかし、ルメイはこの作戦を押し切った。

戦利品のパラシュート

墜落現場の写真
「高射砲第百十五連隊第二中隊概史」
より

小岩陣地撃墜と書かれた立札

B－29による対日戦略爆撃の方法を一変させた、三月中旬の日本の四大都市（東京・名古屋・大阪・神戸）に加えられた、五回にわたる夜間低高度焼夷弾攻撃の最初のものである。

その間、二月二十五日に東京市街地を目標とした四度目の爆撃があった。二二九機が襲い、これまでの最大規模の空襲であった。曇天の上空八〇〇〇メートルから多量の焼夷弾攻撃で、多大の被害が出た。

三月四日、東京・三鷹の中島飛行機武蔵製作所に対する昼間爆撃を行った。これがB－29による軍需工場への精密高高度爆撃の最後の作戦であった。

しかし、実際には東京市街地への無差別爆撃となった。

9　三月十日　東京江東地区空襲

この日、三二五機（有効爆撃機数二九九機）のＢ―29が来襲。一機に焼夷弾六・六トン、五〇〇ポンド（Ｍ69に直すと約三十発分）を搭載していた。一発に三十八本（六ページの図）合計約三十四万本が爆撃目標地域に投下されたことになる。

戦後、ＮＨＫ記者が、なぜこの地域にあの大空爆を行ったのか基地司令官に聞いたところ一言の回答も得られなかった。

「東京空爆」が持っている現代的意味は、大量兵器による一般市民への無差別爆撃の時代に突入しようとしたことを宣言したことだった。

三月十日、東京下町大空襲による東京都の損害（米戦略爆撃調査団報告）

人的損害　死者　約八万三六〇〇人

重傷　五〇二五人

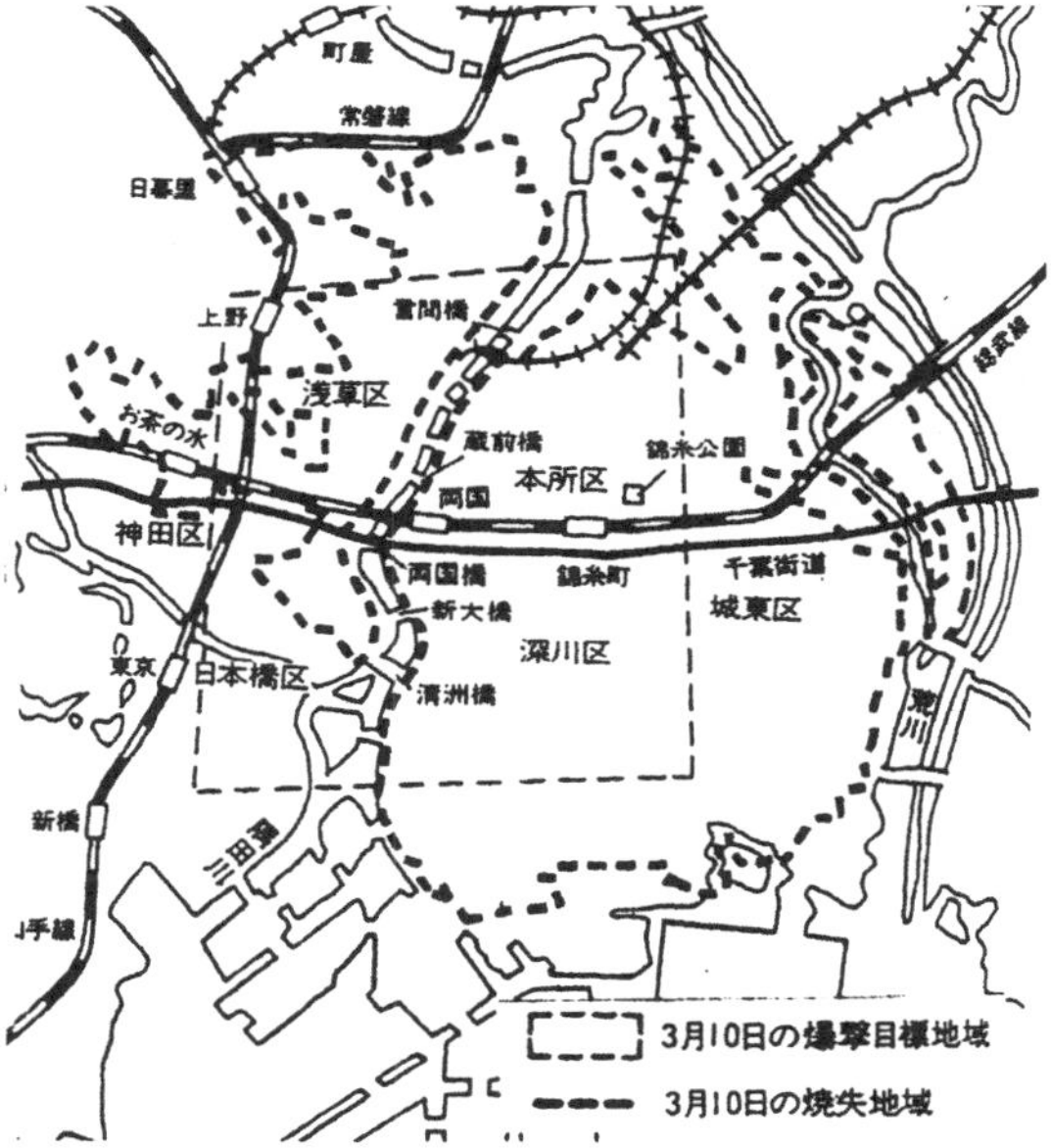

軽傷　　九万七〇三三人
建物損失　二十六万七一七一戸　多くの軍需工場が焼失

東京下町大空襲の夜、小岩陣地の山本中隊はどう戦ったか、会誌「かたくり」の、隊員の河村洋一郎氏の日誌から原文のまま紹介させていただく。

三月十日　土曜日　晴れ

午前零時三十分、B－29・一三〇機、H二〇〇〇から四〇〇〇メートルの低空にて来襲。

砂村（砂町）、須（洲）崎、葛西、深川、両国、上野、神田

まで焼夷弾を投下し、大火災を生じたので火柱は天に沖し、もうもうたる煙は、空を覆う火災のため辺りは真昼のように明るくなった。そして単独行動となったB－29は巨大な影を悪魔のように飛び交い、直面する時は機の前照灯が太陽かと思うほど大きくてまぶしい。

迎撃する友軍機をめがけて発射する機関砲の弾の一〇〇発（ママ？）に一発混入した曳光弾が、赤い筋を引いて、間断なく友軍機に注がれて行く。墜落するのは残念ながら友軍機ばかりである。空中戦をしていないあいだ敵機が低空なので、あらゆる高射砲が発射する。

その爆弾の音、高射砲の音がガーンと鳴り響き、また火の粉や煙まで巻き立ててまさに修羅場とはかくの如きものを云うべし。

空襲は四時間も続いた。もはや東京の町は残る隅もなく、焼き払われたかも知れない。六時近くなって敵機は海上に飛び立ったが、まるで悪夢でも見たあとのようにぽかんとして口もきけなかった。

三月十一日・日曜日、昨夜の空襲で帝都は未だ盛んに燃えている。灰色の煙は空一面にたなびいて夜に入るもまだ赤かった。

高射第一師団の消耗弾は七センチ砲五〇七一発、八センチ砲五七五三発、十二センチ砲三三一発、合計一万一一五五発であった（月刊「丸」より　ああ東京大空襲　潮書房）。東京下町がほぼ消失した三月十日、小岩上空はマリアナ基地に帰投するB－29のコースであった。幸いに小岩地区には焼夷弾数発が落ちたようだが、火災は発生せず、被害はなかった。

小岩駅南口近くの自宅で、筆者はこの場景を終始目撃した。まさに河村洋一郎氏の記録の通り、恐ろしい空襲であった。超低空（約二〇〇〇メートル）で飛行する巨大な敵機が頭上を通過する。しかし、小岩陣地の高射砲は射撃を止めた。煙のため照準が取れないのではなく、小岩上空で発射すれば命中する確率はあるが、小岩地域の安全を考慮し発射を控えたという。

はるか東京湾沿いに侵入する敵機に対し、月島辺りの高射砲陣地が盛んに射撃しているようだ。一機、二機、三機と機体から火を噴いて落下していく敵機が雲間から見える。やがて高射砲の発射音がしなくなった。八機まで墜落機を数えたが、さすがに危険を感じて家の中に避難した。夜が明け、戦場さながらの光景が夢のように感じられた。小岩地域が空爆されなかったことが幸いだった。

町は今朝までの空襲で騒然としていた。小岩駅には被災者が線路伝いに続々と集まり始めている。猛火を潜った人々の目は赤くつぶれ、目を開けていられない状態。顔や衣服も真黒くすすけており、命からがら体一つで避難してきたのだ。

千葉街道も大勢の避難者が自転車やリヤカーに荷物を積み、空腹でよろめきながら市川方面に向かう人々が続いている。町の者はなんの手助けもできず、筆者もこの光景を見たときは悲しみを通り越して、ただ自分たちもまもなくこのような状況になるのを予感したのだった。

あたらぬ高射砲

三月十日、高射砲第一師団および帝都防空戦闘機隊の戦果は、十四機のB－29を撃墜したと報じたが、我が国の損害は比較にならぬほど甚大であった。

いかに砲弾が飛行中の敵機に命中することは至難の業であるか。飛ぶ鳥を打ち落とす原理と同じだが、ここで射撃の方法を簡単に説明してみる。

飛行機が現在飛んでいる位置を「現在位置」とし、発射した弾の炸裂する位置を「未来位置」という。飛行機の高さを「高度」、速度を「航速」、飛行方向を「航路角」という。

この三つの要素を「三元」といい、これらをもとに「未来位置」を決定する。

未来位置を決定する方法は、前に述べた観測機器を用いて三元を測定し、火砲に送った数値と砲の指針を計器盤の目盛に合わせる。そこで中隊長の「撃て！」の号令で砲弾が飛び、目標の近くで炸裂する。

高射算定具はこの間の目標が不変であるとの想定で作られている。しかし、そのときの気象状態によっては飛行機の未来位置はもちろん、弾の方向も大きく変化する。特に測高機は気温の温度差で数値が変化するため、測定諸元にいろいろな影響を与える。また、高射砲を操作するのが人間であるため、そのうちの一人がわずかな操作ミスをすれば命中しない。

敵機は、事前の偵察で高射砲陣地の位置を知っていれば、高射砲弾の発射直後の砲口焔を見て素早く高度や速度をわずかに変えるだけで、その砲弾を避けることができる。

さらに、高高度の上空に吹く強い偏西風（八〇〇〇メートルでは秒速八十メートル）の影響を受けるなど、全ては計算通りにはいかない。B－29の初来襲の頃は、偏西風に向かって房総方面から帝都に侵入したが、後に伊豆半島を北上、西方から帝都を襲うようになった。当時、高射砲部隊は敵機の飛行高度は七〇〇〇メートル以下を想定しており、高高度上空に吹くジェット気流（偏西風）についての情報は知らされていなかった。気象台での気球観測による小規模な研究程度であって、防空部隊との連携はなかった。

西方からの侵入に対して発射した弾丸は目標の後方ばかりで炸裂する原因が判って、数値の変更が行われている。

VT信管について

我が国にも米国の開発した〝VT信管〟（可変型信管）、正式には〝近接信管〟と呼ばれるこの信管を装置した砲弾があれば、かなりのB－29を撃墜できたであろう。

VT信管の仕掛けは、レーダーと同じ電波を利用し、目標の周囲十五メートルの範囲で感知し炸裂する。ただし、命中する弾の場合は付近で爆発しないように電波がドーナツ状に発振して、中心部は無感帯となっている。

マリアナ沖海戦で、このVT信管装置の砲弾により日本海軍攻撃機が壊滅する。

日本の軍首脳が、その背後にある米軍の高度の電波技術力によるものと知ったのは、戦後のことであった。

日本の科学者たちも電波技術を兵器として活用しようと秘かに研究していたが、実用には至らなかった。時の軍部には電波を兵器として利用しようという考えは毛頭なく、レーダーなどの電波兵器の重要性を認識したときは、すでに遅かった。戦いに負けると〝レーダー〟に負けたと軍指導部は叫ぶが、性能の優れたレーダーの生産は不可能だった。

戦後公表された資料（『日本無線史』十巻　電波監理委員会刊）に、「海軍側では各種艦艇用に多くの射撃・警戒・索敵用レーダーを開発した。そのうちの幾つかは実用化の域に達し、実戦において使用されている」とある。

昭和二十年一月十六日、小岩陣地を日本一の要塞陣地にするという東部軍の公約として、先に述べた新式高射算定具の設置後は、どのような新装備がつぎ込まれたのだろうか。

その後米国側は多数のB－29をもって攻撃目標を名古屋、大阪、神戸方面に変えて展開していき、四月後半からは、小岩陣地射程圏内の飛行は少なくなった。仮にその公約が達せられ、新式装備（レーダー）などを生かす機会はあったとしても、まもなく大挙来襲する艦載機には、むしろ高射機関砲の増強が急務であった。

三月十日以降　他の主要都市に拡大する空襲

三月十二日未明、Ｂ－29は十日と同様、サイパン、グアム、テニアン（第七十三、三一三、三一四航空団）の各基地から出撃の三一〇機のうち、二八五機が名古屋市街地に対し、低空爆撃を行い、さらに十三日、大阪市街地へと激しい攻撃は続く。三日後の十六日には神戸市街地に対し三〇六機のＢ－29が猛爆する。

三月十七日、ついに硫黄島が陥落した。米軍は膨大な物量と機動力をもって直ちに奪った飛行場を整備、Ｂ－29の護衛戦闘機Ｐ－51がここを基地として日本本土を来襲するのだ。

10　四月以降終戦まで

四月七日、硫黄島から発進したP－51戦闘機の護衛で、一〇七機のB－29が小岩陣地を西北に迂回しながら中島飛行機武蔵製作所を襲撃した。小岩陣地から我が防空戦闘機隊との激しい攻防戦が行われているのが望見できた。

四月十三日、いまだ無傷だった東京北部一帯を、午後十時五十七分から翌未明二時二十九分にかけ、マリアナ基地を出撃した三四八機のうち三二七機が来襲した。

第一目標は東京陸軍造兵廠であったが、実際は東京北部市街地を狙ったもので、三月十日に次ぐ大きな被害を受けた。小岩陣地の全ての砲は高度二〇〇〇メートルの敵機に猛射を浴びせる。眼前の敵機は直撃弾を受け、真っ二つになり墜落していく。

小岩陣地の姉妹隊である青戸陣地や、その他全ての高射砲部隊も呼応して射撃したであろう。

なかでも第一一一連隊尾久陣地は懸命に応戦したが、やがて陣地付近にも火災が蔓延し、危険になった。折から付近の住民は逃げ場がなく、陣地に避難してくる始末。やがて火は陣地に及んできたのでついに射撃を中止、消火作業に取り掛かるとともに、隊長の決断で住民を陣地に誘導し安全を図った。「帝都周辺の地上防空」会誌「かたくり」に、この夜間空襲はものすごい煙と爆音で、この世のもとは思えない状況であったと記されている。戦闘は延々五時間にも及び、敵機が遁走した明け方は全員疲れ果て、午後は泥のように眠ったという。

11　苦闘する高射砲部隊

皇居の防衛を担当する高射第一師団は、上空で炸裂した弾の破片が皇居へ落下しないよう、かなり神経質になっていた。

十九年十一月一日、東京に初飛来した偵察機F－13に対し、ある高射砲部隊がその弾の及ばないことも忘れ、照準具の限界外で射撃した弾の破片が皇居内に落下したことがあり、宮内省から東部軍司令官に通達があった。

このため、皇居を見て森の左右十キロを標示して、この標示の間にはたとえ砲身に弾を込めていない場合も、砲身を向けてはならないことになる。

しかし、主要陣地の諸設備も整い、皇居周辺に配置している高射第一師団の各部隊は、いずれの方向から侵入する敵機に対しても、主力の三分の二は好機を捉えても射撃できない結果になる。

そのため、陣地移動も、新たな陣地用地の獲得も許されず、新砲の増加と、用地指定待ちで終戦になってしまう。

ここで、高射第一師団長、金岡嶠中将の功績について簡単に記す。

高射第一師団の兵員数は約三万八四〇〇名を抱えており、中部や西部軍の高射砲部隊より有力だった。金岡中将は兵とともに懸命に高射砲部隊の激励と戦力増強、特に命中率を高めるため、高射算定具と火砲の電気連動の改良に最後まで取り組んだことで、第一師団の将兵から高い信望があったそうだ。

二十年二月、それまでの心労が重なり、ついに病床に伏し、戦後の苦しい療養生活の中で一生を終えられた。

陸軍食料糧秣本廠《りょうまつほんしょう》に甘味類を受け取りに行ったある部隊の話として、下士官が部下を連れ、受付の担当官にその旨を告げると、「当たらない高射砲部隊にはあげられない」と言われ、悔し涙が出るほど非常な屈辱を受けた。

その下士官は部隊に戻り、武器を使用してでも受け取ろうと思い、再び糧秣本廠に行った。今度は廠長に直接面会を申し入れ、事情を話したところ、そのような差別をしたことを詫びて、充分な甘味類が与えられたという。

空襲の激化につれ、家を失い、物資食料とも底をついてくると、人々の心には次第に厭戦気分が広まっていく。

あるとき中年の婦人が駅の待合室で、「高射砲は一〇〇〇発に一発しか当たらないそうだ、一発一〇〇円もする高い弾なら撃たないほうがよい」と他の乗客に話をしたとき、そばにいた官憲の耳に入り厳しく諭されたことなど、民情の不安がつのりだす（『東京空襲戦災史』第三巻より）。

上空で炸裂する高射砲弾の破片が小岩の人家に落ちるのは、既に日常となった。たまたま、四月十三日夜の空襲で発射した弾が、信管の故障か、あるいはほかの原因で炸裂せず、筆者の家から三十メートル離れた隣家、Iさんの庭に落下して爆発、破片がI家のご主人の腹部に当たって重傷を負うという事故があった。

筆者も自宅の庭で上空を見ていたときだ。突然バーンという鈍い音がして赤い火柱が上がり、土砂が防空頭巾の上に落ちてきた。不発弾の破片が目の前をかすめて家の柱などに貫通した（翌朝そのことが判った）。弾の破片が地面すれすれに飛散し、庭の木の根元に無数の傷があった。

しかし家屋の被害は戸板と柱一本が半分削り取られた程度だった。被害の範囲が狭いのは八センチ砲弾であろう。十二センチ砲弾ではなく幸いであった。

筆者は運良くかすり傷一つ負わなかったのである。

また、この空襲で筆者が学徒動員で働いていた工場が全焼した。その工場は京浜東北線王子駅の近く、中島飛行機・群馬県太田製作所（本社）の下請として、三式陸軍戦闘機「飛燕」の操縦桿などを作っていた。

二日後の十五日、焼け野原になった王子区（当時）一帯を電車の窓から眺めながら電車を降りたときは、なんともいえない虚脱感に襲われた。

音無川に沿う道路脇の防空壕に、竹製のすだれにくるまれた焼死体があった。そんな情景を見慣れているので、その哀れな姿を見ても恐怖感は起きなかった。戦争は少年の心も無情にしてしまうのだ。工場の焼け跡に筆者の指導工員が一人呆然とたたずんでいた。

働く工場を失った学生は、数日後に学校の指示により浅草六区周辺の焼け跡整理に駆り出された。頭上には敵B－29が悠然と飛び交い、遠く高射砲の弾幕を眺めながら、もくもくと作業をしながら終戦を迎えたのだ。

四月十三日以後、敵はそれまでに大量の焼夷弾を消耗し、サイパン基地には焼夷弾が不足、以後しばらくは爆弾による帝都の西方地区、八王子、国立方面に攻撃を開始する。小岩陣地方面には単機ないし数機が現れる程度で、この頃には、弾の節約を考えて多数機の来襲以外は射撃を行わなくなる。

五月五日、山本義雄中隊長、新設独立大隊長として座間に赴任する。後任中隊長に長嶺鉄雄中尉が任命され、長嶺中隊と改称された（山本義雄中隊長は陸士出身であったが、人情味ある隊長として隊員から非常に信頼されていた）。

忙中閑あり、五月十五日は中隊の創立三周年記念に当たり、陸上競技大会などが行われた。いかにも高射砲部隊らしく、小隊ごとの対抗リレーは、十二センチ砲の二十五キロもある模擬弾のバトンを抱えて走るのは、いくら鍛えられた兵士でも苦労したようだ。

午後は仮装行列や劇があり、餡などの屋台も出たりして、兵士たちはいつ戦死するか知れぬ今、ひとときの英気を養うことができた。

五月二十五日、二十二時三十八分から翌一時十三分にかけ、敵は帝都西部を目標に、サイパン、グアム、テニアンの各基地からB－29が計四九八機出撃、うち四六四機が焼夷弾三二六二トンを投下する。東京の市街はこの夜の爆撃でほとんど焼き尽くされたといってもよい。

受けた被害も甚大だったが、小岩陣地の火砲と、防空戦闘機隊の奮戦で、対B－29戦を通じて二十六機を撃墜するという最大の戦果を上げた。

襲来の余波が小岩陣地に及んだ。落下した爆弾が算定具と砲隊の指示器を結ぶ地下ケーブルを切断、そのため各隊が独自に射撃するので、その音の凄さは耳栓などなんの効果もなかったという。この激しい空襲の中に死傷者が出なかったのはまさに天佑といえるものだ。

六月に入ると、単機で飛来するB－29から降伏を促す宣伝ビラが撒かれるようになった。

二十九日、長嶺中隊を除き、他の八高三個中隊は敵の上陸に備え、水戸・勝田方面に移動していった。既に敵の攻撃目標は地方へ向けられ、小岩陣地の十二高の活躍する場が少なくなっていく。Ｂ－29に代わり、硫黄島から雲霞のごとく飛来するＰ－51や、艦載機グラマンなどに対応する高射機関砲が少なく、敵機の跳梁に任せるだけだった。

八月十三日、敵の本格的空襲はこれが最後となった。

午前八時、Ｂ－29、Ｐ－51戦爆連合にて約一三〇〇機が来襲し、東北・中部方面の中都市を爆撃する。そのほかいたるところに次々と波状攻撃をしてくる。それに対し、小岩陣地の全ての高射砲は砲身が焼けるほど射撃を続けた。十何時間もの長い戦闘で、総員が疲労の極限に達したと、会誌「かたくり」の中に記されている。

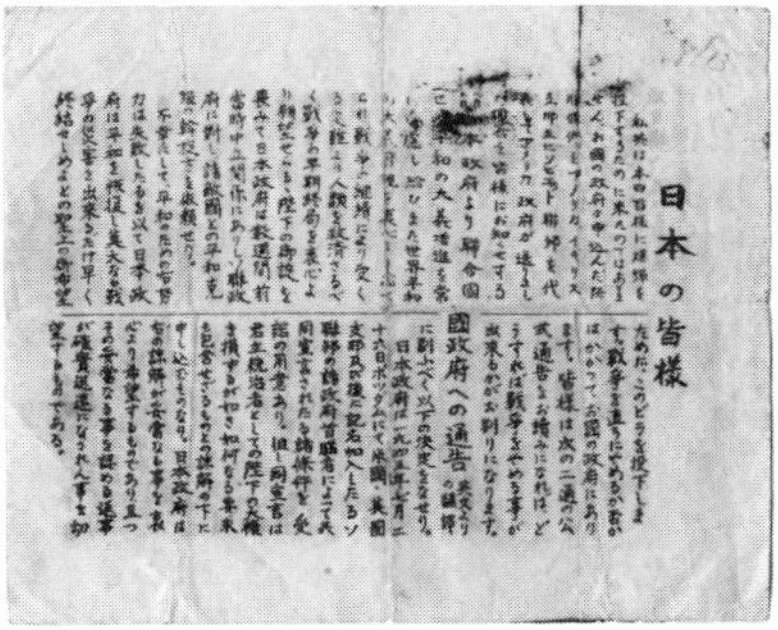
日本の皆様

國政府への通告

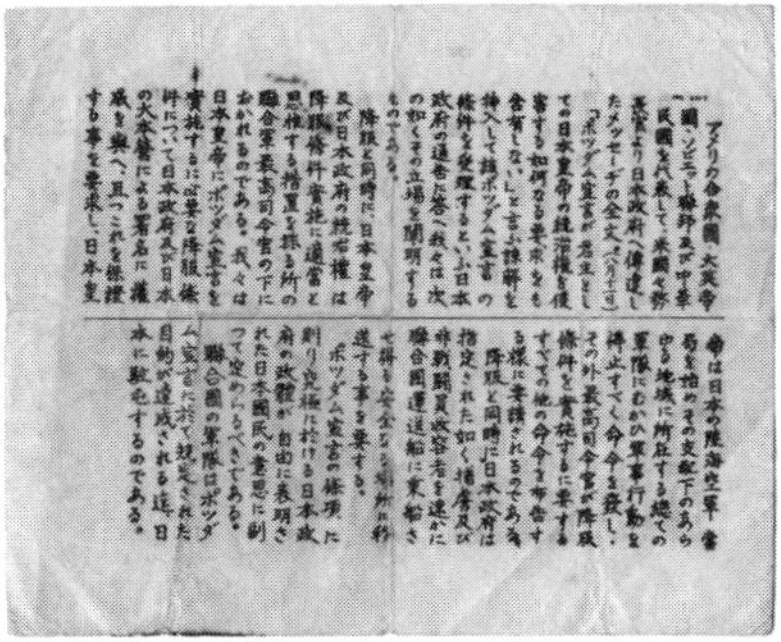

B-29から投下された宣伝ビラ

しかし、「第二中隊概史」に、十三日、通信所内の特甲装置（要地司令部を中枢とする指揮および情報伝達の有線放送通信装置）は、各高射師団に対する軍命令「高射砲部隊は別命のない限り、敵機襲来するも射撃してはならない」を繰り返し報じていた。

おそらく、この命令は敵機が去った後から出されたものかもしれぬ。

十四日午後、日本政府はついにポツダム宣言を受諾したのだ。

八月十五日、日本国民は耳をそばだてて玉音放送を聞いた。雑音で聞きにくい玉音は、外地の兵士たちにどのように伝達されたであろうか。

小岩の町は異常なほど静かだった。しかし小岩陣地の兵士たちは皆慟哭した。放心状態になって泣き叫ぶ者、なにやら大声でわめき騒ぐ者、陣地内は異常な雰囲気に包まれていた。

二度と撃つこともない高射砲を泣きながら無心で磨く兵士もいた。

まもなく武装解除が行われ、逐次復員が完了、長嶺中隊の歴史に幕が下りたのである。

あとがき

平成九年六月に「旧日本陸軍小岩高射砲陣地誌」の執筆を始めたが、書き終えるまで四年の歳月を費やした。

十二センチ砲を担当した、山本中隊戦友会が刊行した「かたくり」（平成四年五月第二号）、および『高射砲第一一五連隊第一大隊第二中隊概史』を参考にさせていただいた。この資料がなければ記述は不可能であったと思う。筆者の旧制工業学校時代の戦時体験がこれと重なり、いわば自分の空襲体験誌のようなものとなった。

昭和十九年二月十七日、山本中隊はまもなく完成の十二センチ砲を受け持つため、一之江陣地（八十八式七センチ砲）から移動してきた。

終戦まで九か月あまりの間、山本中隊は奮戦し多大の戦果を上げることができた。

昭和二十年二月十九日、一五〇機のB－29が中島飛行機武蔵製作所を爆撃し、葛飾区上空で編隊の一機が高射砲部隊の直撃弾を受け墜落した件について、気になる二つの記事を見たので調べた結果を述べる。

『葛飾区史』にはお花茶屋陣地（青砥高射砲部隊八高十八門）が撃墜したと記されている。

この日、敵機の飛行コースはお花屋陣地の最も有利な射程圏にあり、高度が少し低ければ命中の可能性は充分ある。しかし、目標は一万メートル以上（小岩陣地観測班による）を飛行していたから、八高の威力圏外であり誤認であろう。

また、他の資料（チェスター・マーシャル著『B－29日本爆撃30回の実録』）の中で、墜落したB－29は飛行第五十三連隊（松戸）の「屠龍」の体当たりにより空中分解し、彼我ともに葛飾区内に墜落したと記されているが、葛飾区内に「屠龍」が墜落した事実は聞いていない。

ただ別の資料（『東京空襲戦災史』）には当日、中島飛行機武蔵製作所を爆撃し、その帰途、世田谷上空で我が迎撃戦闘機の体当たりにより空中分解したB－29の記録があるので、マーシャル氏の記述はこれの誤認ではないか。

撃墜当日、山本中隊長が部下数人を伴って現場を確認し、「小岩陣地撃墜」の立札を立てているので、山本中隊の十二高により撃墜されたことは間違いない。

小岩陣地は数度にわたり集中攻撃を受けたが、軽症者のみで、一人も犠牲者が出なかったことは、幸運であったとしか言いようもない（その余波で付近の民家が爆弾の直撃で破壊され死傷者が出た）。さらに小岩町のほとんどが戦災（小岩地区の数か所に爆弾と焼夷弾が投下されたが）を免れたことは、都内における空襲戦災史の記録に残るものだ。

心残りは小岩陣地内の電波標定機（射撃用レーダー）や通信、観測、指揮などを担当した元隊員からの体験談を聞けなかったことである。

川村洋一郎氏（会誌「かたくり」の陣中日誌と編集に携わる）の記録に、「降伏後の八月二十日（実際は三十日）、厚木飛行場に降り立ったマッカーサー元帥を出迎えた日本の関係者の中に、厚木防空（高射砲）大隊長で赴任していた山本少佐がいた。山本少佐にマッカーサーからの直接の話として、東京に飛来した米機のほとんどが大きな被害を受け、再び修理し飛び立ったという」とある。これについて、筆者の調べで「マッカーサーからの直接の話」ではなく、後にマリアナ基地の高官に呼ばれ、小岩陣地の激しい射撃で苦しんだことを告げられた、というのが真相であろう。

なぜなら、厚木飛行場において、マッカーサー元帥は日本政府の出迎えを拒絶し、十人の新聞記者のみが認められたからである（参考『世界史の中の1億人の昭和史⑤　太平洋戦争とナチ壊滅　1941〜1945』毎日新聞社）。

さらにいまひとつ新たな事実を記す。「6　八丈島航空情報隊」の中で、「十一月一日、F－13が初めて帝都に飛来したとき、完成直後の三原隊警戒機乙は機器操作の不慣れと、単機のため云々」と八丈島三原隊レーダーが敵機を捕捉できなかったと記した。しかし、その後伊藤領氏の戦友、村野高幹氏（受信第四分隊所属）が初侵入のF－13をレーダーでブラウン管にその波形を確実に捉え、直ちに東部軍に無線連絡をしたが、全く信じてもらえず残念であったことを知らされた（平成十六年一月、伊藤領氏の一周忌法要に列席された村野氏にお会いしたときの証言）。

おわりに、次の方々から貴重な資料、証言などご協力を得たことを心から感謝申し上げます。

矢野義一氏　渡辺善一郎氏　山口敏郎氏　長野計行氏　元小岩陣地十二高隊・伊藤甲与美氏　元小岩陣地八高隊・安津畑直氏　元八丈島航空情報隊（三原隊）・伊藤領氏　元高射砲第二連隊（柏）・山中秀吉氏（順不同）

参考資料

『日本陸軍実戦兵器』太平洋戦争研究会編（銀河出版　一九九六）
『本土防空戦』渡辺洋二（朝日ソノラマ　一九九二）
「月刊『丸』ああ東京大空襲」（潮書房　一九七二）
『戦略東京大空爆　一九四五年三月十日の真実』E・バートレット・カー（光人社　一九九四）
「高射砲第百十五連隊第一大隊第二中隊概史」一之江会「かたくり」（戦友会・発行　一九九二年五月　第二号）
『海軍技術研究所　エレクトロニクス王国の先駆者たち　ドキュメント』中川靖造（日本経済新聞社　二〇一〇）
『陸軍航空戦史』木俣滋郎（経済往来社　一九八二）
『日本アマチュア無線外史　先駆者の足跡をたどり今日の隆盛を学ぶ』岡本次郎・木賀忠雄（電波科学社　一九九一）

『厚木零戦隊戦記第八十五集』森岡寛（今日の話題社　一九六〇）
『電探かく戦えり』第十八集　立石行男（今日の話題社　一九五五）
『日本空襲の全容　米軍資料マリアナ基地Ｂ29部隊』（東方出版　一九九五）
「葛飾区史」下巻
『日本無線史』第十巻「海軍編」電波監理委員会編（一九五一）
『「Ｂ－29」日本本土の大爆撃』第二次大戦ブックス４（サンケイ出版　一九七〇）
『エレクトロニクスが戦いを制す　マリアナ・サイパン』ＮＨＫ取材班編（角川書店　一九九四）
『日本の戦史』別巻⑦「陸軍少年兵」（毎日新聞社　一九八一）
『世界史の中の1億人の昭和史⑤　太平洋戦争とナチ壊滅１９４１～１９４５』（毎日新聞社）幻の本土決戦「帝都周辺の地上防空」鈴木茂・真田慶久
『Ｂ－29日本爆撃30回の実録』チェスター・マーシャル著、高木晃治訳（株式会社ネコ・パブリッシング　二〇〇一）
「東京空襲戦災史」第三巻『東京大空襲・戦災史』編集委員会編（財団法人　東京空襲を記録する会　一九七五）

高射砲第二連隊柏会　山中秀吉
「あたらぬ高射砲」戦記　対空撃墜　石松正敏（国会図書館蔵）
「戦史お花茶屋高射砲陣地」　山口敏郎、長野計行（葛飾区郷土と天文の博物館蔵）

写真資料　小岩陣地（昭和十九年十月　旧日本陸軍撮影）市川歴史博物館
小岩陣地（昭和二十三年米国陸軍航空隊撮影）江戸川区郷土資料室
昭和二十年九月小岩陣地　米国戦略爆撃調査団撮影資料（高射算定具・三メートル測高機・レーダー・十二センチ砲等）　株式会社　文殊社（近現代史フォトライブラリー）

第二部

終戦日の思い出

昭和二十年八月十五日

2019年の江戸川の様子。筆者撮影

もくじ

昭和16年大東京三十五区内江戸川区詳細図　人文社より

1　敗戦日の前夜

昭和二十年八月十四日、ＮＨＫ（当時のＪＯＡＫ）は、明日正午に重大放送があるので国民は必ず聞くようにと、繰り返し報じていた。

十四日の夜はなんとなく不穏な夜だった。近所に住む父の友人が訪れ、

「明日で戦争は終わりますよ」

と伝えて帰った。彼は小岩地区の挺身隊長を務めていたので、終戦の情報を早く入手できたのではないか。

昭和二十年八月十五日、国民は初めて天皇陛下のお声を聞いた。お言葉は雑音交じりで最初はよく分からなかったが、ポツダム宣言受諾と戦争の終結を告げる玉音放送であった。

日本は連合国に対し無条件降伏をしたのである。

当時、私は満十四歳で旧制工業学校三年であった。昭和十九年十一月一日から学徒動員により、ＪＲ王子駅近くにあった中島飛行機の下請け工場で戦闘機の部品作りをしてい

た。

　まもなく十二月二十四日からB－29の本格的空襲が始まる。翌年の昭和二十年四月十三日の東京都北部を対象にした夜間爆撃で工場は全焼してしまった。学校に戻ることもできず、戦後の八月末まで下町の焼け跡整理をしていたのである。

2　十五日の早朝

十五日、朝食をすませた私は、父の命で叔母の家に行くことになった。

叔母の家は歩いて十五分くらいのところにあり、戦前から鮮魚店を営んでいた。

昭和十九年十月、叔父は三十四歳のときに第二国民兵として召集令状が届いた。入隊したのは千葉県茂原海軍航空隊であった。それからまもなくして、硫黄島守備に回されるはずだったという。ところが運命の分かれ目というか、名前の記載漏れで召集された原隊の茂原に戻された。再び決まったのは木更津海軍航空隊基地を防衛する高射機関砲隊の機銃手だった。


父は終戦の放送を聞いた叔母が動揺しないか配慮して、私を行かせたのだ。

私は、叔母と子供ら五人を交えて玉音放送を聞いた。放送が終わると叔母は突然、大声で泣き出してしまった。夫が無事に復員できることの嬉し涙であったと思う。

放送は続いて鈴木貫太郎首相の言葉があったが、私は叔母の涙を見てラジオのスイッチを切った。

やがて叔母は気を取り直して、

「今朝方、日本の飛行機が江戸川河川敷に不時着陸したことを通行人から聞いたので、ぜひ見に行くといいよ」

と私に言った。

敗戦の結果、私は再び日本の飛行機を見るのは最後と思い、見当をつけて墜落現場に向かった。

江戸川の土手から広い河川敷を見渡すと、国鉄の鉄橋に沿って五十メートルくらい南に下がったところに、機首を西方に向けて胴体着陸した飛行機が見えた。

近づいて見ると、不時着機は既に両翼の燃料タンク部分を残し、さらに尾翼も胴体部分から斧で切断されていて、機体の脇には機銃が四挺あった。胴体着陸のため四枚のプロペラは百合の花弁のように湾曲していた。原型を留めていなかったが明らかに戦闘機であった。

この戦闘機は対岸の市川方面から江戸川水面をすれすれに飛行して胴体着陸したのだ。もし失速すれば機体は水中に落下し、搭乗員は生還できなかった筈だ。その操縦技量は神業に近い。

　既に、機体を引き取りに来た数人の整備員が発動機にロープを繋ぎ、土手上まで引き上げている。作業を指揮しているのは搭乗員であろうか、白いつなぎの作業服を着て、飛行靴を履き、革の手袋をはめて整備員に気合いをかけている。見物の二十数人は中年男性と私と同じくらいの少年たちで、だれも手伝う者はいなかった。

　この搭乗員は経験を積んだ予科練出身で、年齢は二十二、三歳くらいの下士官と思われる。

　十五日早朝、敵グラマンＦ６Ｆが房総沖来襲の報を受け、軍人の矜持として迎撃に挑んでみたが、勝負にならなかったと想像する。基地に戻ろうとしたが上空にはグラマンが飛び回っていて、止む無く東京湾を北上し、市川方面から侵入したのだ。しかし、その機体に敵機の銃弾を受けた痕跡はなかったと記憶している。

　引きずられていく機体が揺れると、主翼の燃料タンクから薄水色のガソリンが溢れ出てくる。そのとき、私は何の気なしに近づいて、ガソリンを両手で受けたところ、突然搭乗員から、

「邪魔するな！」

と叱責を受けた。

死を覚悟して、戦いに挑んだ搭乗員の心情を理解できないで、あのような行動をして恥ずかしい思いをした。

搭乗員はその後、何もなかったように作業を続けている。私はその場を離れ、自宅へ戻り昼食をすませて、再び現場に来ると、機体は既に土手上に引き上げられていた。

少し離れたところにトラックがあり、荷台の側板には「横須賀海軍航空隊」と書いてある。切断された主翼と発動機が積まれていたが、胴体はまだ土手上に放置されたままだった。

不時着機はこのトラックから判断して、横須賀海軍航空隊基地から発進したことは確かだ。

トラックの脇に、三種軍装で二本の黒線の戦闘帽をかぶった分隊士官が佇んでいる。そこへ三十歳くらいの婦人二人が近寄って来て、

「本当にくやしいですね、ご苦労様でした」

と労いの言葉をかけた。士官はそれに応え、温和な表情で言葉なく会釈した。苦しい戦いが終わり、心の奥底には命ながらえたことの安堵感があったのではないか。

昭和54年（1979）7月14日、愛媛県南宇和郡城辺町（現・愛南町）久良湾の海底約40mの海底から引き上げられた〝紫電改〟。同町の紫電改展示館に保存されている。

そばに無線機と蓄電池や無線機に電源を送る電圧変換器、および付属の電源ケーブルが放置されていた。

日本の海軍戦闘機が自国の兵隊によって壊されていく。この惨めな情景は敗戦の現実を示していた。

私たちの年代は、飛行機に憧れる軍国少年であった。

B－29に身命を賭して立ち向かう我が戦闘機隊の活躍を見て、陸海軍の飛行機の呼称を覚えたりした。その中で、四枚のプロペラを用い、強力なエンジンを装備した海軍戦闘機「雷電」と、不時着機の胴体を比較すると、不時着機はややスマートな感じがした。

その機体名が「紫電改」と分かったのは、

終戦から十年、日本の復興が一段落した頃で、戦記物の書物が出版される世になってからである。

では、この不時着機が所属する横須賀海軍航空隊は、八月十五日をどのように迎えたか資料をもとに記してみよう。

3　横須賀海軍航空隊基地の八月十五日の状況

八月十五日の三日前まで、横須賀海軍航空隊の搭乗員たちは、米軍の艦上戦闘機グラマン襲来に対し、必死の攻撃をしていたことは信じ難いことであった。しかし、連日の戦闘で隊員の多くは心身ともに疲れていて、これ以上戦うことはできないと心中秘かに思っていたのだ。

最後まで米軍に抵抗したのは陸海軍航空隊であった。とりわけ海軍航空隊は機動部隊から発進する数百機の艦載機に対し、残りわずかな戦闘機で迎撃に挑んだのである。

この横須賀航空隊の歴史は古く、海軍航空の中核であり、メッカであった。

航空科学の粋を結集した幾多の名機である「零戦」「雷電」「紫電」「紫電改」「彩雲」「月光」「天山」「一式陸攻」などの分隊と、四発の「連山」などがあった。終戦が迫った頃には、ロケット機の「秋水」などの開発にかかわり、搭乗員たちの心血を注いだテストの連続で完成させている。

特に、各機種に携わる搭乗員は、各地の戦場で戦い抜いた生き残りの勇士たちであった。しかもそれを支える地上勤務員たちも含めて、全ての航空隊員たちが一丸となって日夜の勤務に励んでいたのである。

生き残りの熟練搭乗員たちは、終戦まで各編隊の一番機として戦ったのだ。

八月十五日、「横空」基地の状況を、同基地の医務科員、神田恭一（衛生兵曹長）氏が綴った「横須賀海軍航空隊・医務課員を務めた海軍航空のメッカ」から引用させて頂く。

八月十四日、午後一時に各科の少佐以上は、全員、指令官室に集合せよ、ということである。沖縄は完全に米軍が占領し、広島、長崎への原爆投下、ソ連参戦などで、戦局はいよいよ重大な局面を迎えている。このような事態に対して、司令官から特別な話でもあるのだろうか。今日は妙に静かな航空隊だ……なにか変だ。

とたんに、『空襲警報』が隊内に流れた。つづいて、かすかに爆音が聞こえてくる。なんだ敵機はもうすぐそこまで来ているのだ。双発機が一機、大船方面の上空から、こちらに向かってくる。不意を打たれたような空襲警報だ。

高度六、七千メートルを飛行する敵機は「横空」の上空を悠々と東の海上に消えていった。

航空隊の周辺に配備されている対空部隊や陸軍の高射砲部隊などは全く沈黙したままであった。間もなく隊内のあちこちに、伝単と呼ぶ小さなチラシがひらひらと舞い降りてきた。十五センチ幅、長さ二十センチ位のざら紙に、黒インクで印刷した粗末なものである。

「日本政府はポツダム宣言を受諾した。戦争は終わったのです。戦闘は一両日中に終わり、兵士諸君はそれぞれ……」

とっさに疑問がわいた。しばらくして本部当直室の隊内放送があった。

「敵機の宣伝ビラを拾った者はかならず本部当直室に届けること」

隊内の動揺を防ぐためであろうか。こんな一枚のビラでだれが動揺するものか。ことによると、戦争は日本のポツダム宣言受諾によって、本当に終わるのではないか。そんな予感がするのを、押さえようがなかった。

その日の夕方、鈴木軍医長から、

十五日正午、天皇の重大放送が行なわれるので総員集合がかけられる、

という指示があった。

本部当直室の隊内放送も、再三、再四、明日十五日正午の総員集合を伝達していた。

天皇は、この重大な戦局に直面し、連合軍を迎えて本土上陸の阻止のために、全国民が一億特攻となり、自分と共に死んでくれ、とでもいわれるのだろうか。それとも、ポツダム宣言受諾を国民にお告げになるのか……いずれにしても、事は重大である。

ここ三、四日の我が「横空」の動きも、考えれば不思議というか不可解である。日本の降伏か、そんな予感がしてきた。

八月十五日、全員、三種軍装に着替え、ひたすら正午を待って待機していた。隊内の飛行作業もまったく中止されていて、搭乗員たちも飛行服をぬぎ、三種軍装に身をかためていた。

嵐の前の静けさと言っていい。兵員たちのかわす言葉もいつになく、心なしか声が小さい。

十一時四十五分、隊内放送は、「総員集合、十五分前」を告げる。

本部庁舎前に整列を終えると「総員集合、五分前」の号令によって、整然と隊列を組んでひたすら正午を待つ。やがて〝君が代〟の吹奏が隊内に流れた。

天皇は戦争の終結と、ポツダム宣言の受諾を、全国民に告げられたのだ。

放送の終わったとき、突然、前の方に整列していた飛行隊の中から、一飛行分隊が分隊長の指揮号令とともに隊列から離れると、居並ぶ航空隊首脳部をしり目に、駆け足で広場から出て行ってしまった。一瞬、他の隊員たちの間がざわざわと動揺したかに見えたが、すぐにまた落ち着いてきた。

司令官の松田千秋少将が号令台に立った。

「ただいま陛下の放送を承ったとおり、日本はポツダム宣言を受託した。隊員各自は、自重自戒して軽挙妄動することなく、軍規を厳正に保って待機しながら、つぎの命令を待つように……」という趣旨の訓示が行われた。

十五日午後の航空隊は、隊や隊員もまったく虚脱状態になって、ガラガラと崩れ去った感じで、支えを失った隊員におよぼす心理的影響がいかに大きいかを考えさせられるものだった。先日まで天下の横須賀海軍航空隊の姿は崩壊していった。そして話は、鈴木総理放送中に飛び出していった飛行分隊の噂になった。すでに航空隊内に秩序はなくなったのだろうか。

以上が、移動の激しい航空隊で三年間も同じ部署で働いた神田恭一氏が記した、終戦の日の姿である。

隊列から離れて広場に出ていった隊員たちは、正午の放送が終わってからの行動であり、「2　十五日の早朝」に記した不時着機は早朝の出撃なので、彼らとは全く関連はない筈である。

4　厚木海軍航空隊の八月十五日（異常な事態となる）

東京の空を防衛する重要な任務を持つ厚木海軍航空隊は、「零戦」で江ノ島へ五分、東京へは十五分、関東方面から侵入する敵機を迎撃するには、理想的な立地条件を備えていた。

午前八時少し過ぎたころ、

「艦載機、犬吠埼東方五十カイリ！　厚木戦闘機隊発進せよ」

との報が入った。

「搭乗員整列！」

バラバラと待機所から駆け出してくる兵。だが、その数は少なく、いつもとは違い活気がなかった。

厚木海軍航空隊（以後「厚木空」とする）、三〇二空第一飛行隊零戦隊、隊長森岡寛（大尉）は、やむなく集まっただけの士官と下士官から、大急ぎで搭乗割を作り変え、「零戦」八機、「雷電」四機を編成した。

隊長森岡は八名の零戦搭乗員を前に、次のように訓示した。

「皆も見知っている通り、本日正午、陛下の重大放送がある。だが、敵機はそこまで来ている。俺たちは、全力をあげて戦うのだ。いいか！　本日の戦闘は、昨日までの戦闘とはわけが違うぞ、厚木戦闘隊の名誉のために皆しっかり頑張れ！」

彼は、八機の零戦を率いて来襲するグラマンに立ち向かう。一戦を交え、森岡隊長は敵一機を撃墜するが、部下の一機を失ってしまう。雷電隊も二機未帰還となった。


正午の重大放送の直後、司令官小園安名大佐は敗戦を認めなかった。

「全艦隊に対し厚木航空隊は降伏せず、以後隊員は連合艦隊の指揮下より離脱する」

旨の電報を五航艦隊司令部に打電した。

この訓示は敗戦を否定し、徹底抗戦を示すものであった。無条件降伏は国を売るものであること、国体護持のために断固として戦うべきであるとする、小薗指令に同調する多くの隊員がいたのだ。

翌日十六日からの隊員の張り切り方は凄まじいものがあった。航空隊の衛兵には実弾が配られ、銃剣を付けた番兵の人員も増やして警備は厳重になった。やがて起こることを予想して、厚木航空隊とアメリカ日本本土上陸部隊との決戦に備えて、飛行場では、整備員や搭乗員も懸命になって残った飛行機の整備に当たった。

しかし、八月十六日の「厚木空」の全兵力は、わずか「雷電」九機、「零戦」十二機、それに複座の練習戦闘機一機しかなかった。

新聞には、終戦の詔勅が一面に大きく掲げられ、広島の原爆による凄まじい焼け跡の写真が敗戦の様子を伝えている。

彼らの目にはそれが、遠い別世界の出来事のようにしか映らなかった。十六日、不思議なことに敵の空襲はなかった。

小薗司令は前日、横須賀鎮守府に行き、戸塚道太郎長官に会って徹底抗戦をするよう説得しようとした。だが戸塚道太郎長官は不在であった。別の隊員たちは陛下の放送を真に受け戦争は終わりだと言う。

小薗指令は「厚木空」に戻るや、

「『横鎮』の奴らは相手にならん。『厚木空』だけでも、一〇〇年戦争を断行する」

と、指令の語気は鋭かった。

指令の命を受け入れ、翌日「厚木空」の蜂起を全国へ知らせるために、飛行機でビラをまくことになった。

「全国民に告ぐ、重臣どもの謀略により、我が大日本帝国はポツダム宣言を受諾せんとしつつある。ひとたび無条件降伏せんか、皇統連綿たる我が帝国は永遠に地上より抹殺され、国民は永久に他民族の支配下に属するのほかなし。今にして立て、我に必勝の策あり。帝国海軍航空隊は健在なり」

この檄文を一晩で作成した。

翌十七日、九六陸上攻撃機を飛ばし北海道から九州までの主要都市に、このビラを散布したのである。やがてこの動きは海軍上層部に知れわたり、小薗指令を説得するため、五航艦長官寺岡謹平中将が訪れた。だが、話し合いは決裂してしまった。

それから少し過ぎた頃だ。異様な爆音が聞こえてきたので空を見上げると、「零戦」が五機、六機、編隊も組まず飛び回っている。どこの飛行機だ。森岡隊長は尾翼の番号を見た瞬間、

「しまった！　うちの飛行機だ。どうしたんだ？　バカ者！」

と、驚きの声を上げる。

激高した中・少尉連中と下士官、兵たちは、あらかじめ計画していたらしく、飛行機に

乗って、埼玉県の陸軍児玉飛行場へ脱走しようとしていたのだ。名だたる「厚木空」の最後は、支離滅裂になってしまった。

上空には、「雷電」「零戦」、さらに「月光」「銀河」が飛び交っている。低空飛行をするもの、急降下するもの、通常のコースもあったものではない。正に狂気乱舞というか、全て統制が失われた状態となった。

やがて彼らは北の空に消えていった。

この騒乱状態が沈静化するまでの経緯を続いて記してみる。

小薗指令は、南方戦線でマラリアに感染しており、たまたま発病したので、基地内の病床にあった。やがてストレスが高じて、ついに発狂してしまった。やむなく鎮静剤を打たれ、昏睡状態のまま野比海軍病院に軟禁されることになる。

指令が不在となった八月二十一日、副長は最後の決意を固めた。広場に全隊員を集合させ、凛とした態度で、

「もはや事態がここに至っては、厚木航空隊も、詔勅を体し、無条件降伏のほかない。只今より武装を解除する。飛行機はプロペラを外し、車輪をパンクさせる」

と命じた。

十五日の放送を聞いたときは何とも感じなかったが、副長の武装解除の命令には、どうしても涙を止めることができなかったと零戦隊の森岡隊長は述懐する。

飛行機の集団脱走を見て動揺した下士官、兵たちは、自分の荷物を持てるだけ持って、三々五々隊門を出ていった。もはや命令してもむだである。番兵でさえ、一時間過ぎたころ行って見ると、いなくなっていた。

二十一日、脱走した者たちは、飛行機ともども横須賀警備隊に抑えられていて、午後全員陸路帰隊した。飛行長は、彼らの気持ちは分かっているので、何も叱らなかった。

その後、これら反乱した搭乗員や関係者たちは、軍規違反の罪で、戦後七年余りも獄中生活を送ることになるのだ。

やがて中央から、米軍の第一陣が厚木に進駐するという知らせがあった。放置された飛行機の処分が開始された。炎天下の厚木航空隊の零戦隊の森岡隊長は、一週間前、この厚木の上空でグラマンを撃ち落とした自分の零戦が谷底に突き落とされるのを見て、涙が止まらなかった。雷電、大型機の月光、銀河などもつぎつぎに突き落とされていく。

厚木航空隊の最後にしてはあまりにも惨めな終焉であった。

以上、厚木基地の反乱を要約したが「厚木空」には「紫電改」が存在しなかったのである。

緒戦当時、南方戦線で活躍した「零戦」については、若い人たちにもよく知られているが、「紫電改」に関しては知る人は少ないと思う（今は容易にインターネットで検索できる）。

そこで、紫電改の出現までのいきさつを簡単に述べる。

「紫電改」の前身は「紫電」であった。水上機に定評があった川西航空機が開発し、昭和十九年戦局が悪化したフィリピン戦線で活躍していたが、母体が水上機であったため、主翼が胴体の中央近くあり、脚が長いため、着陸時に脚を壊す事故が多発した。この欠点を補うため、低翼に改良し機体全体の設計も工夫され、ようやく米戦闘機と互角に戦える戦闘機「紫電改」が誕生したのだ。

「紫電改」として正式採用されたのは、二十年一月からである。

海軍では「零戦」から次世代の強力な局地戦闘機の出現を期待していたのだ。

「紫電改」二一型

だが、戦局が悪化し、相次ぐ空襲で工場が破壊され、資材も不足し、生産に携わる熟練工の多くが徴兵されてしまった。終戦までの生産数は、紫電一〇五〇機、紫電改四五〇機にとどまった。

兵庫県鳴尾工場は空襲を受ける前の五月の六十一機に対して、六月はわずか七機、八月五機、姫路工場では五月の二十機に対して、六月十三機、七月一機、八月ゼロ(紫電を含まず)となる。ついに精強の戦闘機隊に対する補給が続かない有様となった。

続々と来襲する敵機に対し、ベテラン搭乗員たちは残り少ない「紫電改」を操り戦ったのだ。

「紫電」試作機　中翼で脚が長い
『最後の紫電改パイロット』（笠井智一著　潮書房光人新社）より

紫電改の特徴を要約して示す。

一、速度は零戦より十五〜二十ノット（時速三十キロメートルくらい）速く、最高時速は五九六キロメートル
二、兵装は二十ミリ長射程機銃四門、携行弾数八〇〇発
三、理想的空戦フラップ装備
四、防弾タンク並びに防弾盾装備
五、低速、高速での操縦性良好
六、爆弾二五〇キロ二個装備可能

「海軍の虎の子」と異名をとどろかせた。
戦争が終わった十五日、私が最も強く印

筆者と内山新二郎氏（右）

象に残ったのは、河川敷に不時着した紫電改の搭乗員である。異常なほど興奮状態だった。予科練出身と思うが、基礎教育から操縦者になるための厳しい訓練はどれほど過酷なものであったか。

私の知人、内山新二郎氏は昭和十八年四月、予科練甲飛十二期／前期（この期が飛行機に乗れた最後）に合格し、厳しい教育を受けてから各地の航空隊で飛行訓練を経て、厚木基地の攻七〇四飛行隊で、一式陸攻撃機やダグラス機などの操縦者として活躍した。

内山氏とは、戦後間もなく仕事の関係でお世話になったが、その経歴を聞かせてくれたのは、戦後四十年ぐらいしてからである。

十年前、彼は私を土浦予科練平和祈念館へ案内してくれた。当時内山氏は八十三歳、重い口を開いて淡々と語ってくれた（平成三十一年二月現在九十三歳、体力は当然衰えてはいるが鍛えられた軍人精神は失っていない）。特に印象に残ったのは、予科練時代の訓練と理不尽な厳しい私的制裁の話であった。

あの搭乗員も同じような体験を重ねてきて、十五日早朝、これが最後と迎撃に飛び立ったのだ。

5　江戸川河川敷に不時着した紫電改の搭乗員は、その後、どのような人生を歩んだのだろうか

基地に戻った彼を待っていた処遇はどんなものであったか知る由もない。だが、軍歴のない私なりの推測を述べる。

「横空」は「厚木空」の場合とは違い、終戦を冷静に受け入れていた。玉音放送を聞いて隊列を乱した飛行分隊があったが、大きな騒動は起きなかったのは事実だ。

問題は、早朝飛び立った搭乗員は単独行動であるとすると、明らかに軍規違反だったことである。

しかし、玉音放送前のことだった。彼は敗戦を肌で感じていたので、心情的に違反を承知の上で決行したと私は推測する。

基地の上層部の判断として違反は違反と認めながら、敗戦を受け入れた今、罪一等を減じる措置を講じた筈だ。

敗戦により、基地の機能は失われているので、当然彼の飛行記録はない。

敗戦の数日後のことである。近く米軍の上陸部隊が来て、最後まで彼らに抵抗したのは陸海の航空部隊であるとし、飛行機搭乗員たちを逮捕し、去勢するとか、流刑に処すという噂が全国の各航空隊に広まった。

そこで、上層部では真っ先に飛行兵を復員させたのである。彼らを迎えた家族の喜びもつかの間であった。いつ呼び出しを受けるかもしれないので、自宅から人里離れたところに、しばらく身を隠さなければならなかった。彼らに再び命の不安が生じたのだ。

一か月ほど過ぎて、それがデマと判り、ようやく家族が待つ自宅に戻ることができた。軍の上層部では米軍の意図を真に受け、彼ら搭乗員の命を守るための対策だったらしい。

この話については、知人の内山新二郎氏も同じような体験をしていると言っていた。

八月二十一日、「厚木空」に所属していた彼はその情報を知り、飛行隊での経歴書などをすべて破棄し、実家の木更津に復員した。家族の喜びに浸る間もなく、茨城県の知人の家で不安な日々を過ごしたという。それから一月ほどして身の安全が判り、自宅へ戻ることができた。

彼ら予科練出身の飛行兵には戦後の故郷に戻ると、厳しい社会の現実があった。商売、農業、家業を手伝うなど様々な人生が待っている。中には〝予科練崩れ〟などの屈辱的な言葉をささやかれ、やけっぱちになる者もあった。

だが、仲間の多くが特攻隊に参加し、十八歳で戦死（死亡率三十パーセント）、あるいは飛行機事故死などで国のため尊い命を失ったことは忘れてはいない。彼らの死に報いるためにも、生き残った彼らは新生日本の復興に貢献してきたのである。

冒頭の紫電改の搭乗員は予科練魂を失わず、戦後の混乱期を乗り越え、誇れる人生を送ったと信じて止まない。

以上、私の自分史の一部として「八月十五日の思い出」を終わりにさせて頂く。

もし不時着機との邂逅がなかったら、この記録を残すことはできず、終戦の日は無為に過ごしたかもしれない。

あとがき　～十六日の江戸川付近で目撃した敗戦の現実～

一、十五日の墜落現場に行ったとき、江戸川の川面が白いもので覆われていた感じがしたので、翌日、再びその現場から南の方の土手を降りて川べりに向かう。見えてきたのは、川全体に六十センチほどもある大量の鯉が白い腹を上にして浮いている情景なのだ。

これは国府台の陸軍高射砲隊が弾薬を江戸川に投げ込み、炸薬を仕掛けて爆発したためであるという。付近にいた人が教えてくれた。

二、土手の中段には旧式の山砲（口径五センチくらい）が三門（記憶が曖昧）市川方面へ向けて、米軍の上陸部隊に備え、設置されていた。このようなもので戦えるのかと、私は感じた。

三、江戸川の岸辺に三隻の上陸用舟艇「大発」が放置されていた。そのうちの二隻は浅瀬に船体の半ばまでが水中に沈んでいた。残る一隻は陸に上がっていた。

私はまた興味を覚えて陸上の「大発」の機械室に入ると表示板に六十馬力と記されたエンジンが二台並行して設置してある。水没していないので、つい最近まで使用していたのだろう。二十四ボルトの蓄電池が二個、配電盤は少し壊されている。もし壊れていなければ、エンジンは可動したかもしれない。

後で判ったが、この上陸用舟艇は、一キロほど西南にある高射砲陣地が使用したものだ。

東京湾のある場所から、高射砲砲弾、機材、食料品など運ぶためだった。「内務省」管轄の文字が書かれた大きな板が船体の前に立てかけてあった。

なお、小岩の町がB－29爆撃機の焼夷弾、爆弾などの投下で被害が少なかったのは、軍需工場などがなかったためである。加えて小岩駅南二キロに築かれていた、規模の大きい高射砲陣地の存在が大きく寄与していたのである。

戦争が終わり、翌十六日の晩は電球を覆う黒い布を外し、粗末な夕食を家族全員で明るくなった茶の間で味わうことができた。

そして、ラジオから流れ出る「敵B－29数編隊八丈島南方より北上中……」の東部軍管区情報もなくなった。

ようやく戦争が終わったことを、実感したのだった。


小薗司令の「刎頸《ふんけい》の友」だった元海軍大尉・田中悦太郎氏は、「厚木空」の反乱を導いた司令官の名誉回復を待ち望んでいたが、ついにその時が来た。

昭和四十七年七月七日、田中角栄内閣が発足してから、時を得て、田中氏は総理に面会することができ、反乱を主導した司令官と同調した部下たちの名誉回復を願い出た。

事情を知った総理はその法案を閣議に提出、昭和四十九年五月三十一日、恩給法一部改正の特別立法が衆参両院を通過、成立した。

戦後、二十七年を経て、彼らの名誉が回復されたのである。

平成三十一年四月十三日

参考資料

『横須賀海軍航空隊始末記』神田恭一著　光人社　二〇〇三年
「厚木零戦隊戦記」森岡　寛『今日の話題』第八十五集　一九六〇年
『最後の紫電改パイロット』笠井智一著　潮書房光人新社

著者プロフィール
橋本 康利（はしもと やすとし）
昭和６年３月　東京都江戸川区生まれ
昭和23年　聖橋工業学校卒業
昭和25年　東京電機大学中退
昭和26年　家業の和菓子店を継ぐ
昭和59年　同地で不動産賃貸業を始める
その後地元商店街の会長として活動

小岩戦争史 我が町が空襲に遭った頃

2020年９月15日　初版第１刷発行

著　者　橋本 康利
発行者　瓜谷 綱延
発行所　株式会社文芸社
〒160-0022　東京都新宿区新宿１－10－１
電話　03-5369-3060（代表）
03-5369-2299（販売）

印刷所　株式会社フクイン

ISBN978-4-286-21917-2